CUENTOS CLÁSICOS
DE TERROR
PARA NIÑOS

DRÁCULA ◉ FRANKENSTEIN
EL EXTRAÑO CASO DEL DR. JEKYLL Y EL SR. HYDE
LA LEYENDA DE SLEEPY HOLLOW

Quarto is the authority on a wide range of topics.

Quarto educates, entertains and enriches the lives of our readers—enthusiasts and lovers of hands-on living.

www.quartoknows.com

Editora: Joanna McInerney • Diseñadora: Chloë Forbes • Traducción: Ana Galán

© 2015 Quatro Publishing plc

Publicado en los Estados Unidos por
QEB Publishing, Inc.
6 Orchard Road, Suite 100
Lake Forest, CA 92630
T: +1 949 380 7510
F: +1 949 380 7575
www.QuartoKnows.com

Información disponible sobre el registro CIP de la Biblioteca del Congreso.

ISBN 978 1 912413 54 6

Fabricado en Shenzhen, China RD052018

9 8 7 6 5 4 3 2 1

MIX
Paper from responsible sources
FSC® C101537

CUENTOS CLÁSICOS
DE TERROR
PARA NIÑOS

DRÁCULA ⊙ FRANKENSTEIN
EL EXTRAÑO CASO DEL DR. JEKYLL Y EL SR. HYDE
LA LEYENDA DE SLEEPY HOLLOW

Adaptación de Anne Rooney

Contenido

EL EXTRAÑO CASO DEL DR. JEKYLL Y EL SR. HYDE

98

Basado en el libro de Robert Louis Stevenson
Adaptación de Anne Rooney
Ilustraciones de Tom McGrath

LA LEYENDA DE SLEEPY HOLLOW 144

Basado en el libro de Frances Washington Irving
Adaptación de Anne Rooney
Ilustraciones de Jason Juta

TRANSILVANIA

Diario de Jonathan Harker

4 de mayo—Mi tren llegó con retraso y ya se había hecho de noche cuando llegué a la habitación que me había reservado el conde Drácula en el Hotel Krone en Transilvania. Le pregunté al dueño si podía contarme algo de Drácula, al que yo no conocía, pero él hizo la señal de la cruz y no dijo nada. Mientras me preparaba para ir al castillo de Drácula, la mujer del dueño me colgó un crucifijo grande en el cuello.

—¡Si tiene que ir llévese esto por lo que más quiera! —susurró.

Temía esa visita por razones que todavía no entiendo. Si no consigo regresar a casa y este diario llega a manos de mi querida Mina, querrá decir que es mi despedida...

En el carruaje, oí las palabras "demonio" y "vampiro", que susurraban los otros pasajeros sobre mí. Fue un comienzo de viaje desagradable y para quitarme la sensación de ansiedad, me dediqué a observar el paisaje.

El cochero manejaba rápidamente y pronto llegó al lugar donde Drácula había encargado que me recogiera su carruaje.

—Aquí no hay ningún carruaje. ¡Nos vamos! —dijo temerosamente.

Justo en ese momento, llegó un carruaje tirado por dos caballos negros como el carbón. Me subí ansiosamente.

Viajamos durante horas. A veces el cochero, que tenía un brillo rojo en los ojos, se apeaba para ahuyentar a los lobos que aullaban y nos seguían.

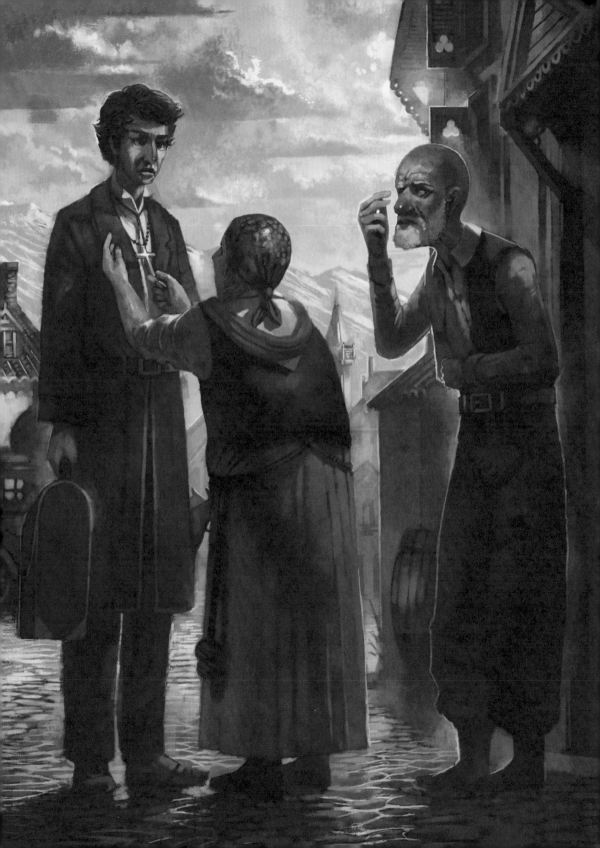

5 de mayo—Dormí durante mucho tiempo y cuando me desperté, un castillo oscuro se alzaba ante nosotros en las altas montañas. El cochero se detuvo y esperé nervioso delante de la puerta. Por fin, me abrió un hombre anciano vestido de negro.

—¿Conde Drácula? —pregunté nerviosamente.

—Soy Drácula, y le doy la bienvenida a mi casa, señor Harker—. Hizo una profunda reverencia antes de agarrarme la mano. Su mano era fuerte y fría como el hielo, y me hizo estremecer.

Drácula se sentó conmigo mientras yo comía, y me explicó que él ya había cenado. Lo observé. Era alto y viejo, tenía un bigote blanco, las cejas espesas debajo de una frente abovedada y la nariz larga. Su piel era excepcionalmente pálida y sus orejas, puntiagudas. Noté un gesto de crueldad en su boca y los colmillos afilados que asomaban entre sus labios. Curiosamente, tenía las uñas cortadas en punta y le crecía el vello en las palmas de las manos. Cuando puso su mano sobre la mía, la retiré instintivamente, y él sonrió con frialdad. Pero, a pesar de su extraña apariencia, era una persona fascinante y nos quedamos hablando hasta el amanecer.

Al día siguiente, Drácula no apareció hasta que se hizo de noche. Me resultó extraño, ya que me había convocado allí para arreglar su casa de Carfax, que había comprado en Inglaterra y teníamos mucho que discutir. Me senté a leer hasta que por fin vino a buscarme. Luego, nuevamente, nos quedamos charlando hasta la primera luz de la mañana.

Atrapado

8 de mayo—¡Cómo me gustaría irme de este extraño lugar! Me siento enfermo y atemorizado. Estoy seguro de que el conde vive solo porque nunca veo sirvientes. Mientras me afeitaba esta mañana, se acercó a mi habitación y me puso la mano en el hombro.

—Buenos días, Sr. Harker —susurró.

No había visto su reflejo en el espejo. Salté sobresaltado y me corté un poco con la navaja de afeitar. Cuando él vio que tenía sangre en la barbilla, le brillaron los ojos y trató de agarrarme por la garganta, pero al tocar las cuentas del crucifijo que llevaba en el cuello, apartó la mano. Me miré al espejo otra vez. ¡Realmente no se veía su reflejo! Cuando se dio cuenta de lo que hacía, agarró el espejo y lo lanzó por la ventana.

De repente, recordé el miedo que tenían todos los que me había cruzado por el camino y sus advertencias, y me sentí agradecido por tener el crucifijo.

Cuando bajé a desayunar, seguía temblando. Después de comer solo (todavía no he visto a Drácula comer) decidí salir a explorar. La casa está al borde de un acantilado de trescientos metros y todas las puertas están cerradas. La idea de quedarme aquí atrapado me daba pánico, y corrí frenéticamente por el castillo en busca de una salida, pero no había escapatoria. ¡El castillo de Drácula es una prisión y yo soy su prisionero!

12 de mayo— Esta tarde, fui a dar un paseo por el castillo. Sigo atrapado, pero mirar las montañas a través de los ventanales me da sensación de libertad. Noté una luz debajo de mí y, al mirar hacia abajo, vi la cabeza del conde asomada por una ventana. Mientras lo observaba, sacó el resto de su cuerpo y se lanzó al vacío con la cara pegada a la pared y su capa negra flotando por detrás. ¡Casi grito de terror! ¿Qué clase de criatura era? El terror que siento en este sitio escalofriante me domina.

16 de mayo—Una vez más, vi a Drácula bajar por la pared y luego desaparecer. Como no estaba, fui a explorar el castillo y encontré una habitación polvorienta y olvidada hace mucho tiempo. De pronto, me sentí muy cansado y me quedé dormido. Después, a la luz de la luna, vi unas motas de polvo que bailaban delante mí. Las motas se convirtieron en formas sólidas y aparecieron tres mujeres sobre mí. ¿Estaba soñando? Discutían sobre quién iba a besarme primero. Las tres tenían los labios de color rojo rubí y los dientes blancos y brillantes que me daban una mezcla de pavor y anhelo. Una bajó su boca hacia mi cuello y sentí sus labios y los dientes que me presionaban suavemente la garganta.

De repente, apareció el conde en la habitación. Sus ojos rojos ardían de ira.

—¿Cómo te atreves a tocarlo? —rugió—. Podrás quedártelo cuando yo termine con él.

Las mujeres se desvanecieron, y yo me desmayé.

Cajas de tierra

18 de mayo—Me desperté en mi cama. Mi cuarto estaba trancado por dentro. No había sido un sueño...

19 de mayo—Estoy metido en un gran problema. El conde insistió en que escribiera tres cartas, con fechas en el futuro. Tenía que escribir que me había ido o que ya había salido del castillo. No me atreví a desobedecer. Estoy a la merced de Drácula.

28 de mayo—Ha llegado un grupo de gitanos para trabajar en el jardín debajo de mi cuarto. Escribí dos cartas para pedir ayuda a mi jefe y a Mina, y soborné a los gitanos para que las enviaran. Pero esta noche, Drácula me devolvió las cartas y estaba de muy mal humor.

17 de junio—Hoy llegaron más hombres y trajeron unas cajas de madera con unas cuerdas. Les pedí ayuda pero me ignoraron. Han dejado cincuenta cajas.

25 de junio—El miedo me desespera. Tengo que escapar. Bajé por la pared del castillo hasta el cuarto vacío del conde. Abrí la puerta pesada y bajé por una escalera empinada que llevaba a una capilla en ruinas. El techo de la capilla se estaba cayendo y el lugar olía a viejo y a humedad. Las cincuenta cajas del jardín estaban llenas de tierra recién sacada. Para mi horror, ¡encontré al conde dentro de una! Estaba inmóvil y tumbado, pero tenía los ojos abiertos y me miraba. Salí corriendo despavorido. Estoy seguro de que no voy a salir con vida de aquí.

14

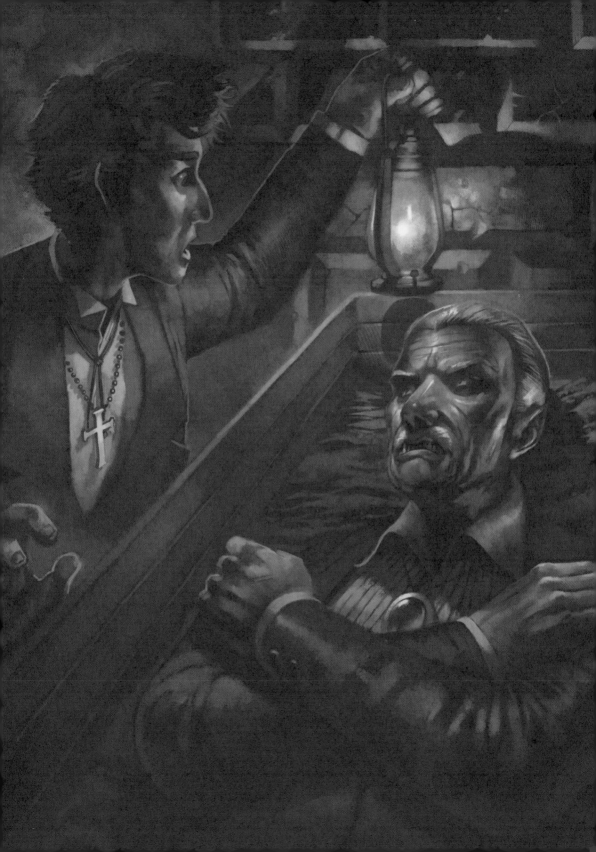

Salir del castillo

29 de junio—El conde dijo que mañana podré salir del castillo. Le rogué que me dejara ir hoy, pero cuando abrió la puerta, había una manada de lobos gruñendo que bloqueaba mi camino a la libertad. No tuve más remedio que quedarme.

Mucho más tarde, escuché un susurro en mi puerta. Era el conde que decía en voz baja: —¡Sé paciente! ¡Mañana por la noche será tuyo!

Por la mañana, la puerta principal estaba trancada. Frenético, me dirigí a la capilla. Drácula yacía en su caja de tierra, pero estaba muy cambiado. Parecía más joven. Su cabello blanco ahora era oscuro, su piel generalmente pálida estaba sonrojada y su boca, manchada de sangre fresca. Estaba inmóvil, como una sanguijuela gorda y llena de sangre. Me di cuenta de que al ayudarlo a comprar Carfax, me había convertido en parte de su plan para aterrorizar a Londres. La idea me enloqueció. Cogí una pala para golpearle en la cabeza. De repente, su cabeza se giró hacia mí y abrió los ojos. Fallé, pero la pala le hizo una herida profunda en la frente antes de que la tapa de la caja se cerrara.

Huí a mi habitación y escuché a los gitanos que se llevaban a Drácula y las cajas de tierra. Me dejaron solo en el castillo, para que esas mujeres terribles me drenen la sangre. Escalaré las paredes y me enfrentaré a los lobos. No pienso quedarme aquí esperando a morir.

Whitby

Carta de Lucy Westenra a Mina Murray

24 de mayo—Mi querida Mina, debo contarte un secreto. ¡Recibí tres propuestas de matrimonio en un día! No me gustó decepcionar a dos de los hombres. La primera fue del Dr. Seward, que está a cargo del manicomio. La segunda fue de Quincey Morris. ¡No necesito decirte que dije "sí" a la tercera propuesta de Arthur Holmwood! ¡Estoy deseando casarme con mi amado!

Diario del Dr. Seward

18 de junio—Me evado en mi trabajo para olvidar el dolor que me causó Lucy al rechazarme. Mi paciente, Renfield, me resulta cada vez más interesante. Todos los días atrapa moscas para alimentar a las arañas de su celda.

1 de julio—Le dije a Renfield que debía deshacerse de sus "mascotas". Para molestarme atrapó una mosca grande y se la comió. Ahora ha domesticado una bandada de gorriones, que alimenta con arañas, ¡y me ha pedido un gatito! Dije que no.

20 de julio—Renfield me dijo que sus gorriones habían volado, pero mi asistente me dijo que Renfield había estado enfermo y había vomitado plumas y sangre.

Diario de Mina

24 de julio—Whitby es maravilloso. Lucy y yo caminamos por los acantilados y nos sentamos sobre una antigua lápida con vistas a la bahía. Pero estoy preocupada porque no he tenido noticias de Jonathan sobre su visita al conde. Me pregunto si estará pensando en mí.

Diario Dailygraph **8 de agosto**

Una terrible tormenta azotó la costa de Whitby. Un barco salió arrojado peligrosamente por las olas y parecía que se había hundido, pero milagrosamente llegó a salvo a la orilla. El misterio se hizo más grande porque no había tripulación a bordo, solo un enorme perro negro, que desapareció rápidamente, y el capitán, muerto y amarrado con una cuerda al timón. Tenía una carta que contaba una historia escalofriante sobre los hombres de la tripulación que habían ido desapareciendo uno a uno por la noche. Algunos de ellos afirmaron haber visto a un hombre alto y extraño. La carga, unas cajas llenas de tierra, iban dirigidas a un abogado desconocido que se las llevó a Londres.

Diario de Mina

11 de agosto—Sigo sin noticias de Jonathan, y Lucy es sonámbula. Me desperté por la noche y había salido de la habitación. La encontré sentada sobre la vieja lápida del acantilado. Había una figura oscura inclinada sobre ella, con la cara blanca y los ojos rojos y brillantes. Corrí hacia ella, pero cuando llegué, estaba sola. Le puse un chal y la llevé a casa donde durmió durante mucho tiempo. Tenía dos pequeños agujeros en la garganta. La debí haber pinchado con el broche del chal.

13 de agosto—Lucy lleva dos noches muy inquieta. Anoche me desperté y la vi asomada a la ventana, mirando un murciélago grande que movía las alas.

14 de agosto—Anoche, cuando volví a casa después de mi paseo, vi a Lucy por la ventana de nuestro dormitorio y algo que parecía un pájaro grande junto a ella. Pero ella estaba de espaldas en la cama cuando entré. Estos días está muy pálida y débil.

17 de agosto—Lucy cada vez está más cansada, su madre también se encuentra mal y sigo sin noticias de Jonathan. Por la noche, Lucy jadea, y de día está tan débil como el agua. La herida de su garganta no mejora.

19 de agosto—¡Por fin, tengo noticias de Jonathan! Está en un hospital en Budapest. Las enfermeras no saben lo que le sucedió y él no recuerda cómo llegó allí. Voy a traerlo inmediatamente a casa.

Diario del Dr. Seward
19 de agosto—Renfield se comporta muy extraño. Se escapó y lo encontré en Carfax, la casa en ruinas cerca del asilo. Lo trajimos de vuelta, pero murmuraba: —Debo tener paciencia, Maestro.

23 de agosto—Durante tres días, Renfield ha estado violento durante el día y tranquilo por la noche. Se volvió a escapar a Carfax. Estaba furioso cuando lo trajimos de vuelta.

Diario de Lucy
25 de agosto—Mi prometido, Arthur, está preocupado por mí, y el corazón de mi madre está más débil. Estoy pálida como un fantasma y me duele la garganta. Tengo pesadillas horribles.

Sangre y ajo

Carta de Arthur Holmwood al Dr. Seward
31 de agosto—Querido Jack: Necesito un favor. Lucy está enferma. ¿Podrías ir a Whitby a examinarla, por favor?

Carta del Dr. Seward a Arthur Holmwood
3 de septiembre–Querido Arthur: Fui a ver a Lucy. Ha perdido sangre pero no sé la causa. Llamé al profesor Van Helsing de Amsterdam. Se especializa en enfermedades inexplicables, pero él tampoco sabe de qué se trata.

Telegrama del Dr. Seward al profesor Van Helsing
6 de septiembre—Paciente mucho peor. Venga inmediatemente.

Diario del Dr. Seward
7 de septiembre–A Van Helsing le sorprendió el cambio de Lucy. Dijo que para salvarla necesitaba una transfusión. Su prometido, Arthur, ofreció su propia sangre. Van Helsing y yo pensamos que las heridas del cuello de Lucy son demasiado pequeñas para la cantidad de sangre que ha perdido. Él dijo que debíamos tenerla en observación constante y que regresaría a Amsterdam para consultar sus libros e investigar el tema.

10 de septiembre–Lucy parecía mucho más fuerte al día siguiente. Esa noche, me quedé dormido por fuera de su habitación. Me desperté por la mañana y Van Helsing había regresado. Lucy estaba peor que nunca y tenía los labios completamente blancos. Le hicimos otra transfusión, con mi propia sangre, y logré mantenerla con vida.

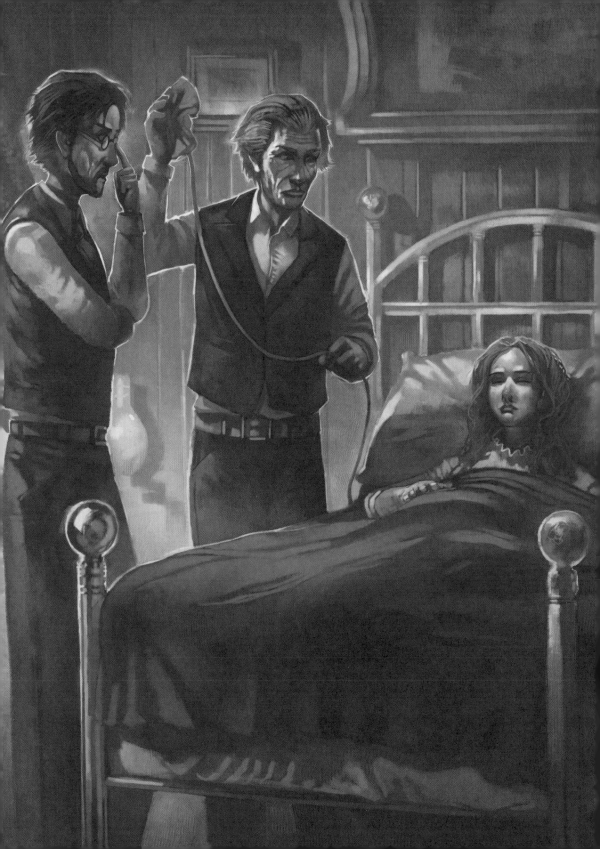

13 de septiembre—Ayer, Van Helsing llenó la habitación de Lucy con flores de ajo blanco y también le puso flores alrededor del cuello. Él dice que sirven para alejar el mal. Le hizo prometer a Lucy que no se las quitaría. Pero esta mañana, la madre de Lucy nos dijo que las flores olían muy mal y las había quitado mientras Lucy dormía.

Cuando se fue, Van Helsing estaba desesperado.

–¿Qué ha hecho? ¡Esta madre, sin saberlo, podía haber perdido el cuerpo y el alma de su hija!

Lucy estaba peor que antes. Esta vez, le saqué sangre a Van Helsing para hacerle una transfusión.

Diario de Lucy

17 de septiembre—¡Cuatro días de paz! Hoy me levanté mucho mejor. Gracias a los cuidados del profesor Van Helsing, he podido dormir sin miedo a las horrible pesadillas.

Diario del Dr. Seward

17 de septiembre—Esta tarde, Renfield irrumpió en mi cuarto. Me atacó con un cuchillo y me hizo un corte en la muñeca. Cuando levanté la vista de mi herida, ¡lo vi en el suelo lamiendo la sangre como un perro!

Nota de Lucy Westenra

17 de septiembre—Escribo esto como mi testimonio por si algo me sucede. Después de los acontecimientos de anoche, me siento al borde de la muerte. No podía dormir porque un murciélago golpeaba la ventana y algo aullaba afuera.

Mi madre vino a mi cama, asustada por los ruidos.

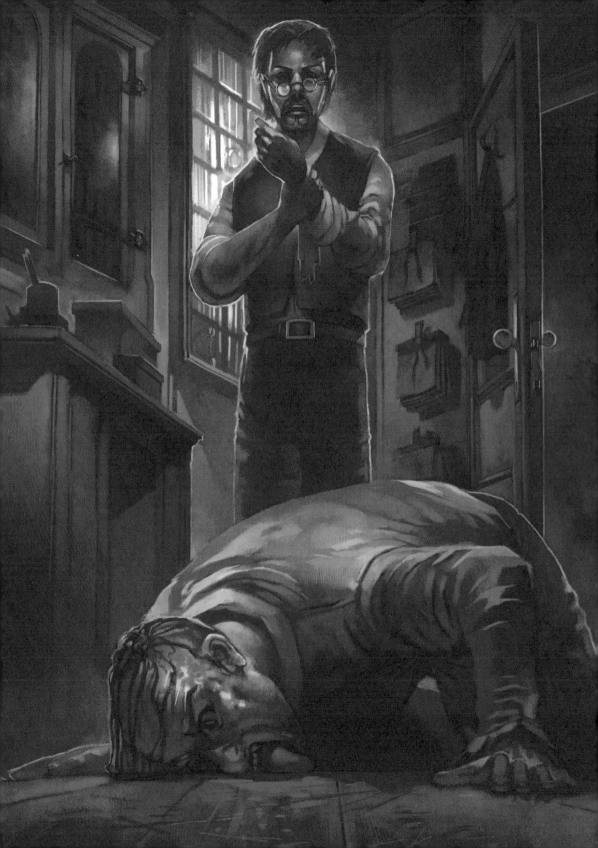

De repente, la ventana se rompió y un lobo asomó la cabeza. Mi madre se desmayó del miedo. Su mano quedó atrapada entre las flores de mi cuello y me las arrancó al caer. La habitación giró, luego se llenó con unas motas diminutas con forma de tres hermosas damas, antes de que todo se oscureciera. Cuando volví a despertar, vi a mi pobre madre, muerta por la conmoción. Yo estaba sola con su cuerpo y la cubrí con mis flores blancas. El lobo sigue aullando afuera, y las motas continúan bailando.

Diario del Dr. Seward

18 de septiembre—Van Helsing y yo fuimos a la habitación de Lucy esta mañana. Dos mujeres yacían en la cama: la difunta señora Westenra, y Lucy que estaba casi muerta. Esta vez la transfusión de sangre de Quincey Morris no funcionó. Se despertó lo suficiente para darse cuenta de que su madre había muerto, y después se durmió. Sus encías se habían encogido aún más y sus dientes parecían más largos y filosos que antes. Cuando Van Helsing vino a verla, se quedó boquiabierto. Las heridas del cuello estaban completamente curadas.

—¡Se está muriendo! —exclamó—. Le queda poco.

Llamamos a Arthur, y Lucy abrió los ojos y habló con una voz que nunca antes había oído.

—¡Arthur, querido! ¡Bésame!

Pero Van Helsing no le dejó. Lucy puso una expresión de rabia. Un poco más tarde, cerró los ojos para siempre

—Al menos ahora está en paz —dije con tristeza.

—¡Para nada! —dijo Van Helsing—. Esto es solo el principio.

El conde regresa

Diario de Mina

22 de septiembre—Jonathan y yo regresamos de Budapest a Inglaterra, felizmente casados. Mientras caminaba por Londres, Jonathan se detuvo y observó a un hombre de cara cruel, bigote oscuro y dientes largos y afilados.

—¡Que el cielo nos ayude! —dijo—. ¡El conde!

Me preocupa lo que le sucedió a Jonathan en Transilvania, pero no me atrevo a preguntarle.

25 de septiembre—Van Helsing me visitó y le dejé leer el diario de Jonathan. Temía que pensara que Jonathan se había vuelto loco, pero dijo que lo que había escrito era cierto.

Diario del Dr. Seward

26 de septiembre—Van Helsing me mostró este informe:

> *Gazeta de Westminster* **26 de septiembre**
> *En los últimos días, se han reportado niños que están siendo engañados por una mujer extraña. Algunos tienen dos pequeñas heridas en la garganta, como si los hubiera mordido un perro o una rata.*

¡Van Helsing dice que Lucy le hizo las heridas a esos niños! Lo que es peor, quería lo acompañara para abrir su tumba. Cuando llegamos, abrió la tapa del ataúd ¡y Lucy había desaparecido!

Después de un rato, vi una figura blanca entre los árboles. El profesor salió corriendo y regresó con un niño.

Dejamos al niño en un lugar seguro y nos fuimos a casa. Todavía no puedo creer que Lucy hiciera eso.

27 de septiembre—Regresamos a la tumba de Lucy y su cuerpo había vuelto. Van Helsing le abrió la boca para mostrarme sus dientes largos y puntiagudos. ¡Me reveló que a Lucy la había mordido un vampiro y que ahora ella era una vampiresa! Para liberar su alma tenemos que —horror de los horrores— ¡clavarle una estaca en el corazón y cortarle la cabeza!

Van Helsing irá solo esta noche para sellar la tumba de Lucy con ajo y poner un crucifijo para que no pueda salir. Mañana por la noche, estará desesperada por alimentarse de sangre.

29 de septiembre—Van Helsing le contó su plan a Arthur y a Quincey.

—¡Por nada en el mundo! —exclamó Arthur.

Sin embargo, logramos convencerlo para que viniera. Pero cuando abrimos el ataúd, estaba vacío una vez más. Van Helsing selló la tumba con una masilla de obleas sagradas para evitar que Lucy entrara. Finalmente, apareció su figura pálida, llevando a una víctima. Arthur se quedó sin aliento al ver la sangre que goteaba por su boca. Lucy gruñó y sus ojos ardían de furia. Soltó al niño y después extendió los brazos hacia Arthur.

—¡Ven conmigo, mi amor! ¡Descansaremos juntos!

Cuando Arthur dio un paso hacia ella, Van Helsing se interpuso con un crucifijo. Lucy retrocedió e intentó meterse en su tumba, pero la masilla impidió que entrara.

Cuando finalmente Arthur accedió a llevar a cabo el plan de Van Helsing, Van Helsing abrió la tumba y dejó que Lucy se metiera dentro.

—Esto es todo lo que podemos hacer por hoy —dijo.

Diario del Dr. Seward

28 de septiembre—Hoy regresamos para abrir la tumba de Lucy. Van Helsing nos explicó que si la dejábamos así, las personas que estaba matando también se convertirían en vampiros. Arthur accedió a liberar el espíritu de Lucy como un acto de amor. Sujetó una estaca de madera afilada sobre el corazón de Lucy y la golpeó con un martillo. Ella chilló cuando la sangre salió a borbotones de la herida. Pero Arthur continuó hasta que dejó de moverse. Una vez muerta, su rostro recuperó la paz y la hermosura.

29 de septiembre—Van Helsing invitó a Jonathan y a su esposa, Mina, a su casa. Tenían información importante.

30 de septiembre—Ahora sé a qué casa de Carfax va Renfield: ¡a la residencia nueva del conde!

Diario de Mina

30 de septiembre"Los vampiros existen —nos dijo Van Helsing—. El conde es uno de ellos. Puede adquirir distintas formas, como un perro, un lobo o un murciélago. Puede cambiar el tiempo. Tiene la fuerza de muchos hombres y su imagen no se refleja. No tolera el ajo ni nada sagrado. Cobra vida de noche, pero durante el día debe permanecer en una tierra especial.

Los vampiros no envejecen. No comen. Solo beben la sangre de otros para tener fuerza. Drácula nos convertirá en vivos malditos, a menos que lo matemos. Enviaron cincuenta cajas con tierra a Londres y Carfax. Debemos encontrarlas, ya que son los únicos lugares donde puede dormir a salvo durante el día".

34

Renfield

Diario de Jonathan Harker

1 de octubre— Antes de entrar en Carfax, Van Helsing se aseguró de que estuviéramos armados contra el peligro físico y espiritual. Todo estaba lleno de polvo. Encontramos la capilla, que apestaba a tierra y sangre rancia, y contamos las cajas. Había veintinueve, así que Drácula ya debía haberse llevado las otras.

Cuando regresé al asilo de Seward, donde tenemos una habitación, Mina dormía profundamente. Estaba pálida y agotada por la aventura. Me costó mucho despertarla.

Localicé a los hombres que el conde había empleado para mover sus cajas con tierra y descubrí que habían llevado nueve de ellas a una casa en Piccadilly y el resto a otras casas de Londres.

Diario del Dr. Seward

3 de octubre—A primera hora, encontré a Renfield tirado en un charco de sangre en su celda. Seguía vivo, pero tenía el rostro destrozado y la espalda rota. Llamé a Arthur, a Van Helsing y a Quincey. Era evidente que Renfield había estado bajo el hechizo de Drácula todo el tiempo. Consiguió decirnos que el conde había ido a verle dos noches atrás y le había prometido nuevas víctimas, no solo moscas, sino también ratas y algo mejor. Al día siguiente, Mina visitó a Renfield, pero estaba pálida y débil. Cuando llegó el conde, Renfield le preguntó qué le había hecho a Mina. El conde estaba furioso y derribó a Renfield al suelo, donde lo encontramos.

Aterrorizados, fuimos a la habitación de los Harker. La puerta estaba cerrada con llave y Van Helsing la forzó. Jonathan estaba dormido, pero Mina estaba arrodillada junto a la ventana, Una figura oscura se inclinaba sobre ella y le sujetaba la cara contra su pecho donde un hilo de sangre goteaba hacia su boca. Al vernos, el conde retrocedió. Van Helsing levantó sus obleas sagradas y nosotros levantamos los crucifijos. Por un momento, el conde se quedó inmóvil, con los ojos ardiendo de furia. Entonces una nube tapó la luna, y cuando la luz volvió a llenar la habitación, vimos una neblina que se escapaba por debajo de la puerta. Drácula había desaparecido.

En ese momento, Mina soltó un grito ensordecedor y Jonathan se despertó. Van Helsing le pidió a Mina que nos contara qué había pasado.

—Sentí la presencia de alguien en la habitación e inmediatamente traté de despertar a Jonathan, pero estaba profundamente dormido. Entonces el conde apareció a mi lado. Lo reconocí por tus descripciones. Me dijo que si despertaba a Jonathan, le desharía los sesos. Luego puso su boca sucia en mi cuello y sentí que me quedaba sin fuerzas. Después, empujó mi cara contra su pecho y dijo que siempre sería suya. Oh, ¿qué ha sido de mí?

Arthur y Quincey fueron a buscar al conde. Encontraron mi habitación saqueada y a Renfield muerto, pero no vieron al conde. Por fuera de la ventana, se veía la silueta de un gran murciélago que revoloteaba en el cielo nocturno.

Ahuyentar al conde

Diario de Jonathan Harker

3 de octubre—Después de los terribles eventos, ideamos un plan. Antes de irnos, Van Helsing trató de proteger a Mina tocando su frente con una oblea sagrada. Ella gritó de dolor. La oblea dejó una cicatriz roja en su piel, pero lo realmente doloroso fue darnos cuenta de que ya se estaba convirtiendo en una de las personas de Drácula.

Fuimos primero a Carfax. Todo seguía igual. Abrimos todas las cajas y colocamos una oblea sagrada dentro de cada una, para que el conde no las pudiera usar. Luego tomamos un tren a Londres. La casa de Piccadilly olía a maldad. Encontramos ocho de las nueve cajas que habían entregado allí, así que faltaba una. Pusimos obleas sagradas en las ocho. Encontramos allí las llaves de las otras casas londinenses del conde, y Arthur y Quincey partieron para destruir el resto de las cajas.

Diario del Dr. Seward

3 de octubre—Una vez terminado nuestro trabajo, esperamos a Drácula en la casa de Piccadilly. Jonathan tenía un cuchillo largo. Cuando apareció el conde, Jonathan se abalanzó hacia él, pero Drácula se apartó rápidamente y solo consiguió cortarle el abrigo. Levantamos los crucifijos.

—Se arrepentirán —gruñó Dracula—. Mi venganza no ha hecho más que empezar. ¡Y durará siglos!

Se lanzó por una ventana, dejando cristales rotos por todas partes, y huyó en la noche.

La persecución

Diario de Jonathan Harker
3-4 de octubre—Antes del amanecer, Van Helsing hipnotizó a Mina para ver si podía leer la mente del conde...
—¿Qué ves? —preguntó.
—Nada, oscuridad.
—¿Qué oyes?
—Agua. Una cadena. Pasos de hombres.
—¡Está en un barco! —exclamó Van Helsing—. Se escapa a Transilvania en la última caja.

Diario de Mina
5 de octubre—Investigamos todos los barcos que viajaban a Europa del este y encontramos el que buscábamos: el *Czarina Catherine*. Iba a zarpar del puerto de Varna, cerca del castillo de Drácula. Teníamos que ir por tierra antes de que saliera.
—Debemos encontrarlo —dijo Van Helsing—. Ya te ha contaminado, Mina. Si no le destruimos, cuando tú mueras serás como él. Si lo dejamos con vida, vivirá durante siglos y hará que muchos otros sean como él.
Hoy me siento en paz. Pero sé que no estoy limpia.

Diario del Dr. Seward
11 de octubre—Iremos en tren a Varna y llegaremos antes que el conde. Van Helsing hipnotizará a Mina todos los días para que nos diga qué hace el conde. Mina le hizo prometer a Jonathan que si cambiaba demasiado, la mataría y liberaría su espíritu.

24 de octubre—Viajamos día y noche y llegamos a Varna hace una semana. El barco de Drácula todavía no ha zarpado.

28 de octubre—Recibimos la noticia de que el *Czarina Catherine* estaba amarrado en Galatz. El conde debió sospechar que le estábamos siguiendo y cambió de ruta.

Diario de Jonathan Harker
30 de octubre—Fuimos al puerto y hablamos con el capitán del *Czarina Catherine*. A los marineros no les gustaba la caja y querían lanzarla por la borda. El capitán se lo impidió, pero uno de los marineros apareció muerto, con heridas en el cuello que parecían hechas por un animal.

Diario de Mina
30 de octubre—Consulté los mapas y descubrí la nueva ruta del conde. Lo vamos a interceptar. Arthur y Jonathan lo seguirán en barco. El Dr Seward y Quincey irán a caballo por la costa. Mientras tanto, Van Helsing me llevará por tierra al castillo del conde. Debemos permanecer juntos para que me pueda hipnotizar. Fue una tortura despedirme de Jonathan.

31 de octubre—Van Helsing ha contratado un carruaje y saldremos mañana. Rezo para que estemos a salvo.

2 de noviembre—Manejamos todo el día. El paisaje es precioso pero hace mucho frío. Cuando me hipnotiza sigo oyendo agua. El conde sigue viajando en barco.

El castillo de Drácula

Nota de Van Helsing

3 de noviembre—El cielo está lleno de nieve. Mina duerme todo el tiempo y ya no come. No pude hipnotizarla hoy. Me preocupa.

5 de noviembre—Sigue durmiendo todo el día y se despierta por la noche. Lucho por mantenerme despierto. Esta noche, estamos cerca del castillo de Drácula. Al anochecer, hice una hoguera y envolví a Mina con unas alfombras. Estaba pálida como la nieve. Tracé un círculo a nuestro alrededor y puse trozos de santa oblea en el borde. Le pedí que intentara salir del círculo y no pudo, por lo que sé que estamos a salvo porque si ella no puede salir, los que son como ella tampoco pueden entrar.

Por la noche, los caballos relincharon asustado. Mientras el fuego ardía, vi las siluetas de tres mujeres con vestidos largos que se arremolinaban en la nieve. Mina no me dejó salir del círculo para avivar el fuego, pero le dije que tenía que mantenerla abrigada y protegida.

—¡Estoy más protegida de ellas que nadie! —se rió. Al ver la cicatriz de la santa oblea en su frente, supe que tenía razón.

—¡Ven con nosotras, hermana! —la llamaban las vampiresas mientras se acercaban.

Pero no podían entrar en el círculo y Mina no podía salir. Los caballos no se movían y supe que estaban muertos. El terror continuó hasta el amanecer cuando se disolvieron las siluetas entre los copos de nieve. Mina volvió a sumirse en un sueño profundo.

Diario de Jonathan

4 de noviembre—Hubo un percance con nuestro barco y tuvimos que continuar el viaje por tierra. ¡Ojalá estuvieran aquí Quincey y Seward! Me horroriza regresar al lugar donde pasé tanto miedo y me preocupa mi querida Mina.

Diario del Dr. Seward

5 de noviembre—Al amanecer vimos un grupo de gitanos que cabalgaba desde el río con un carro que transportaba la caja con tierra. Nevaba y los lobos aullaban. Temo que alguien morirá, pero no sé quién.

Nota de Van Helsing

5 de noviembre—Mientras Mina dormía en el círculo, fui al castillo de Drácula y entré en la capilla donde encontré las tumbas de las tres mujeres vampiro. Noté que su belleza me atraía, pero conseguí alejarme y continué mi búsqueda. Encontré una gran tumba vacía, con el nombre de "Drácula", y metí dentro la oblea sagrada. Después volví para terminar de hacer mi horrible labor. Temblaba y sigo temblando al recordarlo. Oí sus horribles chillidos cuando les clavaba las estacas en el corazón a las mujeres vampiro, una a una. Cuando todo se acabó y antes de que sus cuerpos se convirtieran en polvo, sus rostros recuperaron la paz. A lo lejos oí la llamada de Mina y salí inmediatamente del castillo para reunirme con ella.

La última caja

Diario de Mina

6 de noviembre—Después de una larga espera, vimos llegar a los gitanos con la última caja. Sabíamos que en cuanto se pusiera el sol, saldría el ser que había dentro. Los gitanos azotaron los caballos para llegar al castillo antes del anochecer. El Dr. Seward y Quincey los rodearon por un lado y Jonathan y Arthur por el otro.

Los gitanos se detuvieron y Jonathan y Quincey se abrieron paso entre ellos, pero Quincey acabó gravemente herido. Jonathan consiguió abrir la caja. El conde yacía inmóvil dentro y sus ojos rojos brillaban. Cuando los últimos rayos del sol se desvanecieron, su cuerpo cobró vida y levantó la cabeza triunfante. Sus labios se curvaron con una expresión de furia. Sus colmillos estaban listos.

En ese momento, Jonathan le cortó la garganta con el cuchillo y Quincey le hundió el suyo en el corazón. En un instante, el cuerpo del vampiro se convirtió en polvo y se alejó con el viento. ¡Se había terminado!

Quincey se dejó caer al suelo, sangrando por un costado.

—¡Tiene la frente limpia como la nieve! —dijo señalando el lugar donde antes tenía la cicatriz. Todos lloramos.

Nota de Jonathan Harker

Siete años más tarde, Mina y yo somos felices y tenemos un hijo llamado Quincey. Solo podemos repetir las palabras de Van Helsing sobre estos hechos: "No le pedimos a nadie que crea esta historia salvaje. Simplemente nos alegramos de que haya llegado a su fin".

PRÓLOGO ¡ATRAPADOS EN EL HIELO!

——¡Capitán Walton, señor! No podemos continuar. Es demasiado peligroso con esta niebla.

Desde la cubierta del barco, Robert Walton hizo un gran esfuerzo por no enojarse con Rostop, su primer oficial. Al fin y al cabo, no era culpa del pobre hombre que estuvieran rodeados de gruesas capas de hielo. Si al menos se levantara la niebla por un momento podrían ver a su alrededor.

—Eche el ancla —ordenó—, los hombres necesitan una comida caliente.

El barco de Whalton se dirigía al Polo Norte. Llevaban semanas navegando casi en total oscuridad, con el sol siempre bajo en el cielo. Con frecuencia, las tormentas de nieve o la niebla densa tapaban la luz.

Walton tembló en su abrigo de pieles y pateó la cubierta de madera para evitar que se le congelaran los pies.

Justo entonces, la niebla se levantó y pudieron ver el paisaje. Estaban en una canal estrecho de aguas oscuras, y el mar que los rodeaba estaba congelado. Más adelante, el canal parecía que era cada vez más angosto.

—Estamos atorados —gruñó Walton—. No podemos ir atrás ni adelante. Lo único que podemos hacer es esperar a que el hielo se derrita. Espero que tengamos suficientes provisiones. ¿Cómo están los hombres?

—Los hombres le apoyan, señor —contestó Rostop—. Continuaremos el viaje al Polo Norte cuando podamos. —De pronto agarró el brazo de Walton—. ¿Ha visto eso, capitán?

—¿El qué?

—Ahí hay algo. ¡A estribor!

Walton miró por el telescopio. Vio un trineo tirado por perros husky. Encima iba un hombre inmenso y encorvado con enormes brazos desnudos. Azotaba el látigo para que los perros siguieran en dirección al norte. Les dio una orden y su voz se extendió por el mar helado.

La vista duró unos momentos. Después la niebla volvió a rodear el barco.

—Aquí hay gigantes —dijo una voz detrás de Walton. Se giró y vio que todos los hombres estaban en cubierta con los ojos abiertos del asombro—. Hay monstruos.

—Estamos todos agotados —dijo Walton—. Creo que los ojos nos están jugando malas pasadas. Rostop, voy a descansar. Despiérteme si pasa algo.

Algunos de los hombres se quedaron toda la noche en cubierta por si volvían a ver al monstruo, pero por suerte no fue así.

Por la mañana, Rostop despertó a Walton.

—Será mejor que venga a cubierta, Capitán.

—¿Es el gigante otra vez?

—No, señor. Es alguien más.

El segundo visitante era un hombre de estatura normal. También iba en trineo, pero estaba atrapado en un témpano de hielo y flotaba en la corriente.

Walton levantó la mano derecha. —¡Hola!

El desconocido contestó en su mismo idioma. —¡Hola!

—Espere —dijo Walton—. Le lanzaremos una soga.

—¿Van al norte? —dijo el hombre—. Solo subiré a bordo si es así.

Rostop se acercó a Walton. —Es un poco extraño que diga eso, si quiere saber mi opinión, Capitán —murmuró—. Ese hombre no está en condiciones de exigir nada.

—El clima del Ártico le ha debido afectar al cerebro —contestó Walton. Saludó al hombre con la mano—. Sí, vamos al norte. Ahora le pasamos una soga.

En poco tiempo, subieron al hombre sano y salvo al barco. Debía tener unos treinta años, pero el frío y la falta de alimentación le habían pasado factura. Tenía las mejillas huecas, los ojos hundidos y grandes ojeras rojas. Se le había metido el frío en el cuerpo porque no paraba de tiritar.

—Le agradezco su ayuda, Capitán —dijo. Uno de los hombres le llevó un plato de sopa pero le temblaban tanto las manos que no podía sujetarlo.

—Llévenlo a mi camerino —dijo Walton.

Los hombres llevaron al recién llegado al camerino debajo de la cubierta y allí se quedó casi toda la semana. Se pasó la mayor parte del tiempo durmiendo, pero sus sueños se veían interrumpidos por continuas pesadillas y con frecuencia se caía de la litera.

Cuando por fin pudo levantarse, llamó a Walton.

—Reúna a sus hombres, señor —dijo con una voz que era apenas un susurro—. Les debo una explicación por mi aparición repentina. Tengo una historia extraña que contarles antes de morir, aunque no estoy seguro de que vayan a creer nada de lo que les cuente.

Experimentos

Me llamo Víctor Frankenstein. Crecí en Suiza, pero fui a la universidad de Ingolstadt, en Alemania. Las primeras semanas fueron difíciles. Echaba de menos a mis hermanos pequeños, William y Ernest, a mi padre que acababa de enviudar y a mi mejor amigo, Henry Clerval. Pero sobre todo, extrañaba a Elizabeth, mi querida compañera.

No me sentí solo mucho tiempo. Pronto me sumergí en los estudios y la investigación. Soy científico y mi ambición era conseguir algo que nadie había logrado antes. En la universidad conocí a dos hombres que me ayudarían a conseguirlo, mis profesores el Sr. Krempe y el Sr. Waldman.

Las clases del Sr. Waldman eran particularmente inspiradoras. Enseñaba química. Una vez me dijo: "Todo es posible si pones tu mente, Frankenstein. No creas a la gente cuando te diga que algo es imposible o que no va a funcionar. Trabaja duro y conseguirás hacer milagros".

¡Milagros! Precisamente, lo que pretendía conseguir, señores, era el mayor milagro de todos. ¡Quería crear vida!

Me apliqué a mi tarea con una dedicación cercana a la locura. De hecho, era una locura. La universidad tenía una biblioteca repleta de libros escritos por las mentes más brillantes de nuestros tiempos. Leía sin parar, tomaba notas, dibujaba gráficos y escribía ecuaciones. Convertí mi habitación del ático en un enorme laboratorio e inventé máquinas, ¡algunas de las cuales podrían incluso crear electricidad!

Fue en este laboratorio donde comencé mis experimentos. Trabajaba hasta altas horas de la madrugada y muchas veces hasta que me caía del agotamiento a primera hora de la mañana. Pronto dejé de ir a clases. Mantenía mi trabajo en secreto y les dije a mis compañeros que no me visitaran sin avisar antes. Nunca abría la puerta cuando sonaba el timbre.

A veces oía a mis vecinos moverse en las habitaciones del piso de abajo, así que tenía cuidado de no hacer mucho ruido. Lo último que quería era una visita del propietario para quejarse.

Primero, experimenté con plantas e insectos, luego con mamíferos pequeños y, finalmente, con partes del cuerpo humano. Sí, trabajé con trozos de cadáveres desenterrados de tumbas o que pedía que robaran en las morgues y hospitales. Trataba de devolverlos a la vida, y muchas veces lo conseguía, pero solo durante un periodo corto de tiempo.

Sin embargo, pronto estuve listo para lograr mi mayor sueño. Empecé a construir una criatura; lo más cercano posible un ser humano. Quería que fuera grande; de dos metros y medio de altura. ¡Iba a ser el creador de una nueva especie!

Los ladrones de tumbas me consiguieron todos los trozos que necesitaba para hacer el cuerpo. Tardé mucho tiempo en coserlos todos pero, por fin, mi creación estaba en la mesa de operaciones, listo para cobrar vida.

Ahí tumbado, tenía un aspecto inmenso y poco atractivo. Sus manos eran demasiado grandes para los brazos y los pies, demasiado pequeños. Las venas de la cara se veían a través de la piel y sus labios finos y negros estaban torcidos. Pero no me importaba su aspecto. Era mi primer experimento. Más adelante ya mejoraría la técnica y crearía seres más atractivos.

Lo más importante en ese momento era que iba a darle vida a la criatura. Necesitaba una noche tormentosa para hacerlo y, finalmente, llegó. Una vez, muchos años antes, había visto cómo un rayo caía en un árbol y lo quemaba. Durante años, trabajé en mi teoría de que si algo destruye la vida también puede crearla. ¿Estaría en lo cierto? Estaba a punto de descubrirlo...

Caballeros, soy reacio a compartir con ustedes el secreto de mi experimento, por temor a que pueda repetirse. Todo lo que puedo decirles es que cuando cayó el rayo, la criatura se crispó violentamente en la mesa mientras la electricidad pasaba por su cuerpo. Su espalda se arqueó. Sus ojos se hincharon bajo sus párpados cerrados.

Lentamente, me acerqué a la mesa. La criatura estaba inmóvil, con la cabeza echada hacia atrás y el pelo pegado a su extraño cráneo.

Y entonces abrió un ojo. Salió aliento por sus labios.

Mi experimento había sido un éxito. ¡Yo, Víctor Frankenstein, había creado vida!

El monstruo

Ojalá pudiera decir que disfruté ese momento de triunfo, pero sería mentira. Cuando vi ese ojo amarillo que me observaba, entré en pánico. De repente, me di cuenta de que lo que había hecho estaba mal. ¡Muy mal! Me había atrevido a jugar a ser Dios.

Cuando la criatura estaba tumbada sin vida sobre la mesa, parecía triste e inofensiva. Ahora, al girar la cabeza lentamente para mirarme, era horrible y peligrosa. ¡Era un monstruo! Tal y como lo había planeado, medía más de dos metros y medio, y sus manos eran tan grandes que debían haber pertenecido a un carnicero. Tenía la piel delgada y amarilla, como el papel de escribir que ha estado demasiado tiempo en un cajón, y sus venas palpitaban con sangre.

En sus ojos había vida, pero no era la vida alegre de un niño recién nacido. Era más bien… una muerte en vida.

Me alejé del monstruo, giré sobre mis talones y huí de la habitación. Lo escuché rugir mientras bajaba corriendo las escaleras. Aún llovía afuera, y me empapé, pero ni siquiera me di cuenta. Vagué por las calles, temblando de miedo. Pensé que la criatura me estaba siguiendo y no me atreví a mirar hacia atrás.

Por la mañana me encontré en una posada para viajeros. Vi cómo bajaba de un carruaje mi mejor amigo de Ginebra, Henry Clerval. ¿Qué demonios estaba haciendo Henry en Ingolstadt? Por un momento pensé que me estaba volviendo loco y veía visiones.

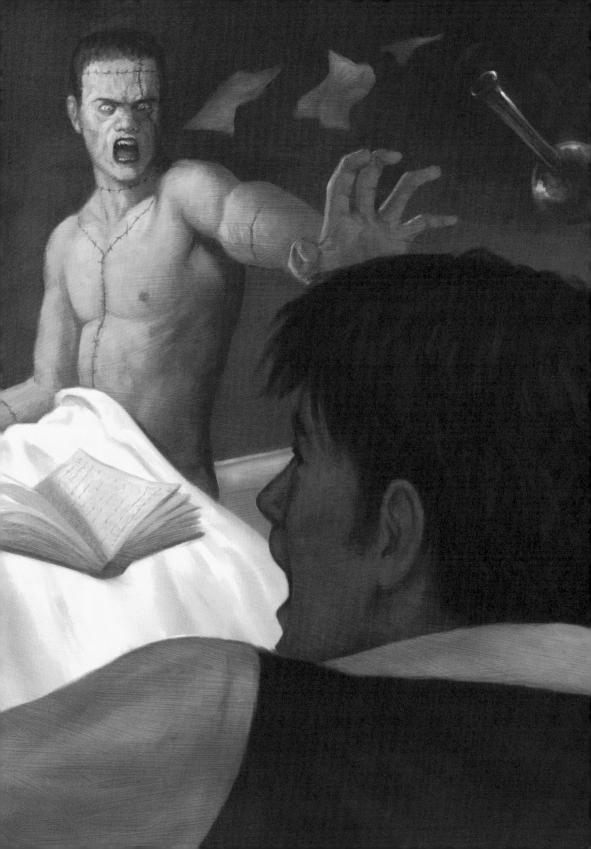

Pero no, Henry me vio y me sonrió.

—¡Víctor! Justo la persona que vine a ver.

Empezó a cruzar la calle y yo corrí para reunirme con él.

—¿Ocurre algo, Víctor? —dijo preocupado—. No tienes buen aspecto.

—Está todo bien, Henry —contesté—. He estado estudiando mucho, eso es todo. ¿Qué te trae por aquí?

—He decidido inscribirme en tu universidad, Víctor. Para estudiar idiomas, no ciencias como tú. También te traigo noticias de tu familia y de Elizabeth. Hace mucho que no reciben ninguna carta tuya y están preocupados.

—Les escribiré ya mismo —contesté—. De hecho, Henry, estaba pensando en regresar a casa. Ya va siendo hora de que Elizabeth y yo nos casemos.

Nos dirigimos a mi residencia y le dije a Henry que esperara en la puerta. No sabía si la criatura me había seguido o si todavía seguía en la habitación. De hecho, parte de mí esperaba encontrarla tendida en el suelo, sin vida. Quizás la chispa de vida que había visto en su ojo había durado solo un instante...

La puerta de mi habitación estaba abierta de par en par y las lámparas seguían tintineando. Me asomé. El laboratorio era un caos. Había libros y cristales rotos por todo el piso. Los muebles estaban tumbados y habían arrancado las gráficas de las paredes. ¡No había ni rastro de la criatura!

—Henry —llamé—. Sube ahora.

Y en ese momento me colapsé en el piso.

La bata desaparecida

Me quedé en la cama delirante casi todo el invierno. El sentimiento de culpa y el haberme empapado en la calle me dieron fiebre. Henry me cuidaba y me enfriaba la frente con paños húmedos y me daba sopa.

Las pocas veces que tenía la mente despejada, las pasaba preocupado por el monstruo. ¿Seguiría vivo o se habría muerto por falta de comida? Si estaba vivo, ¿dónde se escondía? ¿Atacaría a alguien que se le acercara? Y si me volviera a ver, ¿me reconocería como su creador?

Una mañana, Henry estaba sentado en un lado de mi cama y por primera vez noté que había ordenado la habitación.

—Tienes mejor aspecto, Víctor —dijo Henry.

Me apoyé en los codos temblando. —Lo suficientemente bien para intentar caminar, Henry. ¿Me puedes pasar mi bata, por favor? Es esa roja tan bonita que me regalaste por Navidad. Está en el armario.

—Ahí no hay ninguna bata —dijo Henry.

—Pero tiene que estar ahí —dije.

Henry se rió. —Víctor, debes de estar mejor porque ya estás discutiendo. Aquí tienes una carta de tu padre.

Abrí la carta, deseando leerla. Pero mi sorpresa pasó al espanto y me cubrí la cara con las manos. —Henry —lloré—, ¡han asesinado brutalmente a mi pobre hermano William! Arrestaron a su niñera, Justine, por el crimen.

—Mi querido amigo, qué noticias más horribles —dijo Henry pálido—. ¡Realmente horribles!

Henry me quitó la carta y siguió leyéndola. —Aquí dice que William fue estrangulado mientras jugaba. La policía encontró el medallón que llevaba ese día en el bolsillo de Justine. Por eso la arrestaron. Elizabeth está fuera de sí de la pena.

—Mi pobre William —gemí—. Y pobre Justine. También fue mi niñera y sé que no haría daño ni a una mosca y mucho menos a William. Es una más de la familia

Me aparté las mantas de la cama ignorando por completo mi enfermedad. —Debemos ir a Ginebra, Henry. Elizabeth me necesita. Seguro que hay algo que podemos hacer. Sé que Justine es inocente

El juicio fue largo y estresante. Elizabeth fue uno de los testigos. Declaró que Justine tenía un carácter bueno y honesto. Todos sabíamos que era inocente, pero la declararon culpable y la condenaron a la horca. El medallón de oro que encontraron en su bolsillo había sellado su destino. Elizabeth y yo visitamos a Justine en la prisión para despedirnos de ella.

Antes de que enterraran a mi hermano, pedí ver su cuerpo. Tenía una herida grande en el cuello donde lo habían estrangulado. Era un herida horrible que, en mi opinión, no la pudo haber hecho Justine con sus pequeños dedos. No, esa herida la habían hecho una manos grandes y fuertes. Unas manos que debieron pertenecer a un carnicero... ¡Mi monstruo había matado a William!

En los Alpes

Estaba horrorizado. ¿Estaría en lo cierto? ¿Se habría vengado mi monstruo de mí por crearlo y abandonarlo? Esa criatura espantosa era solo una fiera, incapaz de pensar o sentir. ¿Cómo había descubierto dónde vivía mi familia? ¿Cómo había llegado a Ginebra?

Mi padre notó mi preocupación.

—Creo que necesitamos un descanso de todo este horror —declaró—. Vamos a la casa de verano. El aire fresco nos sentará bien.

Al principio me pareció buena idea, pero pronto cambié de opinión. Necesitaba tiempo para estar solo. ¡Tiempo para pensar! Tenía que encontrar la manera de destruir al monstruo.

Siempre había querido visitar el glaciar Montanvert de los Alpes suizos. Era el momento de hacerlo. El silencio de las montañas me ayudaría a idear un plan.

Mientras mi caballo me alejaba de la civilización, volví a sentir paz en mi alma. En las montañas cambié mi caballo por un burro y me dirigí a Montanvert.

Cerca de la cima, me detuve para disfrutar del increíble paisaje. El valle estaba escondido por la neblina pero podía oír la corriente de agua. Más allá del valle se veía el pico Mont Blanc, la montaña más alta de los Alpes.

En algún lugar detrás de mí oí una cabra montesa. Después oí otro sonido: un gruñido bajo y furioso.

Me puse de pie y me di la vuelta. Reconocí ese sonido horrible. ¡La criatura me había seguido a la montaña!

La cueva

La fiera se me acercó antes de que pudiera reaccionar. Tenía su inmenso brazo levantado, como si estuviera a punto de atacar.

—¡Vete de aquí! —grité.

La criatura abrió la boca y... habló con normalidad, como si fuera humano y no una bestia salvaje.

—Por favor, déjame hablar contigo —rogó—. Solo levanté la mano para saludar. He tardado mucho en encontrarte.

—Me niego a hablar con un monstruo malvado —contesté—. Vete de aquí o te atacaré.

El monstruo ignoró mi amenaza. —Si hay maldad en mí la puso ahí tu odio. Tú eres mi creador. Yo no pedí existir. Cuando me desperté por primera vez, me rechazaste. Desde entonces he vivido en este mundo al que me trajiste. He visto la felicidad de algunos seres vivos. Pero yo no puedo alcanzar esa felicidad. Escúchame, te lo ruego, y te dejaré en paz. Pero si no lo haces, descargaré toda mi ira monstruosa sobre ti hasta que no quede nadie en el mundo al que puedas llamar amigo o pariente.

A pesar del miedo que me daba verlo, algo en sus palabras me tocó el corazón.

—Hay una cueva cerca de aquí —dijo—. Podíamos ir ahí y encender una hoguera.

Poco más tarde, cuando estábamos sentados en la cueva, cerca del fuego, el monstruo empezó a contarme su historia...

La historia del monstruo

—Tú fuiste lo primero que vi cuando abrí los ojos, Víctor Frankenstein. Entonces no sabía quién eras ni que me habías dado la vida, pero inmediatamente sentí un gran lazo de unión contigo. Sin embargo, desapareciste sin decirme ni una sola palabra.

Mis sentimientos eran como los de un niño recién nacido. Estaba confundido. Necesitaba que me cuidaran y me protegieran, pero no había nadie para hacerlo.

Me senté en la mesa, miré a mi alrededor como un niño pequeño. ¡Y es que era como un niño recién nacido atrapado en el cuerpo de un horrible gigante!

Aunque yo todavía no era consciente de ello, lo único que sabía era que estaba solo y sentía una extraña sensación de vacío en el estómago.

Busqué en tus habitaciones, encontré algo de comida en la despensa y la engullí. Tenía frío. ¡Tanto frío! Me castañeaban los dientes. En el gancho vi tu bata roja y me la puse. Habías salido por la puerta, así que hice lo mismo y salí a buscarte. Las calles mojadas estaban vacías, pero pronto me encontré con alguien que pensé que eras tú. No era, claro, se trataba de un mendigo. Al verme, gritó y salió huyendo. Su reacción me confundió. No me dio tiempo ni de abrir la boca. ¿Por qué huía de mí?

—Doblé una esquina y llegué a una calle concurrida donde había mucha gente saliendo de carruajes y de los edificios. Ellos también salieron huyendo en cuanto me vieron. ¿Por qué todos me tenían tanto miedo? Algo dentro de mí me decía que su miedo significaba que estaba en peligro. Me dirigí al bosque.

Ahí es donde descubrí otro de mis sentidos cuando olí algo delicioso. ¡Pan fresco! Mi hambre me llevó a una pequeña cabaña. La luz cálida se filtraba por una ventana. Eché un vistazo. Un hombre sacaba pan del horno. Se me hizo la boca agua al verlo, y mi estómago rugió tan fuerte que el hombre lo oyó.

"Hijo mío, ¿eres tú?" dijo.

Yo no tenía ni idea de lo que era un hijo, pero gruñí porque todavía no sabía hablar.

Al entrar en la casa la luz iluminó mi cara y el hombre me vio. Dejó caer el pan, giró sobre sus talones y salió huyendo. Me entristeció su reacción, pero agradecí la comida que había dejado atrás.

Salí de la cálida cabaña en cuanto terminé de comer. Mis instintos me decían que no era seguro quedarme.

Esa misma noche me refugié en una cueva donde hice mi hogar. Fue allí donde aprendí más sobre mi entorno y sobre mí mismo. Mis sentidos se desarrollaron y cada día comprendía más el mundo que me rodeaba.

La educación del monstruo

—El invierno dio paso a la primavera y mi cueva dejó de ser segura. La gente se adentraba más en el bosque en busca de especias. Tenía que encontrar un escondite mejor.

Lo encontré en medio de un bosque denso: una cabaña destartalada con un establo en desuso. La cabaña era demasiado pequeña para mi inmenso cuerpo, pero el establo tenía un piso amplio, cubierto de paja. Me tumbé encima y me quedé dormido.

Cuando me desperté, alguien había regresado a la cabaña. La luz se filtraba en el establo a través de una grieta en la pared. Escuché voces.

Al mirar por el agujero, vi a un hombre y una mujer jóvenes y un viejo ciego. Se parecían mucho. Meses después, descubrí que era un padre con sus dos hijos. La familia había sido rica, pero perdieron todo el dinero y ahora vivían en esta casa en ruinas.

El hermano pasaba mucho tiempo enseñando a su hermana a recitar poesías y leer. Mientras los miraba desde el granero de al lado, aprendí a hablar y a leer, a la vez que ella.

En tu bata había cartas de tu amada Elizabeth. Conseguí leerlas y así es cómo descubrí dónde vivía tu familia.

80

—Descubrí algo más al observar a esta gente desde el granero. Ahí, sentado en la oscuridad, me di cuenta del placer que causaba la compañía. Estaba desesperado por ponerme en contacto con esas personas que tanto me habían enseñado.

Una tarde, cuando salieron los hermanos, me acerqué al viejo ciego que estaba sentado cerca de la puerta.

—Buenas tardes —dije con mucha educación.

El ciego sonrió vacilante.

—Buenas tardes.

—¿Podría acompañarlo un momento?

El ciego asintió. —Pase. Bienvenido a nuestra humilde morada.

Seguí al hombre a la cabaña. —Por favor, siéntese —dijo—. Mis hijos no tardarán en regresar.

Me acababa de sentar cuando llegaron sus hijos.

—Padre, hay un monstruo horrible en la casa —exclamó el hijo, y la hija empezó a gritar.

El hijo entró y empezó a golpearme. Entonces vi que buscaba a tientas el hacha que llevaba en su cincho y, antes de darme cuenta, lo dejé inconsciente en el piso. Rugí de rabia y huí corriendo al bosque oscuro.

El hombre había sido amable conmigo porque no me podía ver. ¡Sus hijos me vieron como un monstruo horrible! Después de esto, me di cuenta de que las personas eran criaturas peligrosas. Pero a medida que mi soledad crecía, me juré a mí mismo que si no podía tener un compañero, me vengaría de la humanidad.

Un amigo

—No tenías que haber matado a William —le rugí al monstruo—. Él era inocente.

—No quería hacerlo —admitió la criatura—. Una vez que descubrí dónde vivía tu familia, supuse que volverías ahí. No sabía de qué otra manera encontrarte.

Una mañana —continuó el monstruo—, cuando cruzaba un puente, oí unos gritos. Una niña se estaba ahogando en el río. Me lancé al agua y luché contra la fuerte corriente hasta llegar a ella. La saqué del agua y la puse en la orilla. Cuando intenté hacer que volviera a respirar, salió el padre del bosque. Pensó que había intentado lastimarla y me disparó con su pistola. ¿Era esa mi recompensa por ser amable y salvarle la vida?

Más adelante vi otro niño, era un niño hermoso que jugaba en una pradera. Estaba con su niñera, pero esta estaba dormida en el granero. La oí roncar suavemente

—Hola —me dijo el niño, sonriéndome.

Por fin, una cara amable, demasiado joven e inocente para juzgarme por mi apariencia. Le extendí la mano.

—¿Estás herido? —dijo el niño al ver la sangre en mi hombro por la herida del disparo—. ¿Quieres que despierte a mi niñera para que traiga un pañuelo? Está durmiendo en el granero.

Negué con la cabeza.

—Mi madre tiene un medallón muy bonito con una foto —continuó el niño—. Lo tomé prestado esta mañana, pero no debí haberlo. Es muy valioso. No quiero que se pierda en la hierba, así que se lo metí a mi niñera, Justine, en el bolsillo mientras dormía. Ella lo guardará bien. ¿Quieres verlo?

Esa fue la conversación más larga que había tenido con alguien. Sonreí.

—¿Cómo te llamas? —me preguntó el niño—. Yo soy William Frankenstein.

El sonido de esas palabras me golpeó como un rayo. En un instante, mi felicidad pasó al dolor. Lo vi todo rojo y de pronto, tenía las manos alrededor de la garganta del pobre niño. Por eso tienes que ayudarme. No puedo controlar mi furia. Soy una criatura inútil, pero para mí la vida es muy valiosa y no quiero que se acabe pronto. Tampoco quiero seguir matando. Ambos podemos encontrar la manera de salir de la violencia. Ambos podemos encontrar la paz .

—¿Y cómo vamos a hacer eso? —grité.

—Me siento triste y solo. Nadie quiere ser mi amigo. Debes volver a tu laboratorio. Debes crear una esposa para mí, alguien de mi especie que no me rechace. No te dejaré tranquilo hasta que prometas solemnemente hacerlo.

Una amenaza

La idea de crear otra criatura me revolvía el estómago. No tenía ninguna intención de retomar mis investigaciones y mucho menos de cometer un segundo crimen contra la naturaleza tan espantoso.

—No tienes otra opción —rugió la criatura—. Crea una esposa para mí o destruiré todo lo que te importe. Si tengo que estar solo el resto de mi vida, tú también lo estarás. Tú eres mi creador, pero ahora yo soy tu jefe, ¡obedéceme!

—Prefiero que me mates ahora mismo —grité saltando hacia la criatura—. Vamos, acaba conmigo.

—No —dijo el monstruo empujándome—. Quiero una compañera. Estoy en mi derecho. Haré un trato contigo, Frankenstein. Si creas una compañera para mí, me iré con ella a las tierras salvajes de América del Sur. Ningún ser humano volverá a verme nunca más. Pero si no lo haces, me vengaré de ti.

—No puedo aceptarlo —dije—. Tu naturaleza perversa te obligará a regresar y entonces tendrás una compañera para ayudarte con tus perversiones.

Permanecí en la cueva mucho tiempo después de que la criatura se fuera. La idea de crear un segundo monstruo me llenaba de pavor. Pero, después de un tiempo, me di cuenta de que era el mejor plan para ambos. Él estaba en lo cierto. Yo era responsable de su vida y de su miseria.

Era mi obligación asegurarme de que por lo menos encontrara algo de felicidad.

Escocia

El monstruo había destruido todos mis cuadernos en Ingolstadt, así que tuve que comenzar mi investigación de cero. Cuando reuní toda la información que necesitaba, viajé a Escocia donde monté mi laboratorio, en una isla remota.

Antes de partir a Escocia, Elizabeth aceptó a casarse conmigo. Quería terminar con esta pesadilla lo antes posible para poder comenzar mi nueva vida con ella.

La criatura nunca apareció, pero sabía que me había seguido. Podía sentirlo cerca.

Poco a poco construí la compañera del monstruo, una vez más pagando a los sepultureros para que robaran trozos de cuerpos. Estábamos en pleno invierno y la lluvia no cesaba. Por fin estaba listo. Era una noche tormentosa y los truenos se oían en el cielo. Puse el cuerpo sin vida en la mesa de operaciones.

Cayó un rayo y de pronto, sin apenas darme cuenta, tomé un bisturí y se lo clavé en el corazón. ¡No podía crear otro monstruo!

Oí los rugidos de rabia por fuera y el monstruo rompió la ventana. Cuando me giré vi que me observaba con los ojos llenos de odio.

—¿Cómo te atreves a romper tu promesa? —rugió.

—Sí, rompí mi promesa. Nunca crearé otro monstruo tan malvado —grité.

La criatura aulló de desesperación.

—Pienso vengarme de ti, Frankenstein, ¡y lo haré la noche de tu boda!

La boda

No pensaba arriesgarme a que el monstruo se saliera con la suya. Cuando llegara la noche de mi boda, estaría preparado. Me enfrentaría a él y lo mataría. Me prometí eso a mí mismo.

No recuerdo mucho de la boda, salvo que estuve buscando al monstruo. Después del banquete, Elizabeth y yo fuimos a una pequeña cabaña.

—Ve al segundo piso —le dije—. Me reuniré pronto contigo.

—¿Ocurre algo? —preguntó.

—No es nada —dije—. Solo quiero quedarme un rato en el porche.

Esperé con la mano en la pistola que llevaba escondida en el bolsillo de mi chaqueta.

El monstruo no apareció. Se adentró la noche y cuando me disponía a volver adentro, oí un grito. ¡Elizabeth!

Saqué la pistola y corrí escaleras arriba, pero era demasiado tarde. Elizabeth yacía sin vida en la cama, con el cuello roto. Estaba muerta. Oí una risa por fuera de la ventana y supe que la criatura se había vengado.

Había malentendido sus palabras. El monstruo maldito no quería matarme a mí. Quería destruirme asegurándose de que estaba solo en el mundo, igual que él.

Víctor Frankenstein, el científico, murió esa noche. Se convirtió en un monstruo como su creación. Juró perseguir a la bestia aunque eso significara ir al fin del mundo...

Hombres y monstruos

Víctor observó las caras serias de la tripulación y se secó una lágrima. —Y por eso me encontraron aquí en el Ártico, amigos. La bestia y yo nos hemos perseguido por mar y por tierra, pero él siempre está un paso por delante...

Más tarde, Walton y Rostop se quedaron solos en la cubierta. Era pasada la medianoche y Víctor estaba dormido en el camerino, agotado después de contar su espantosa historia. El resto de la tripulación dormía en hamacas.

—Capitán, ¿cree que la historia que nos contó ese hombre es cierta? —preguntó Rostop.

—Aunque ese monstruo sea un producto de su imaginación, Frankenstein realmente cree que existe —contestó el capitán—. Eso es lo que le está matando.

Se oyó un gran ruido a estribor, como un trueno, y el barco se inclinó.

—¡Hemos chocado con algo! —dijo Rostop.

—No, creo que es el ruido del hielo que se está derritiendo. ¡Nos hemos liberado! —exclamó Walton.

Ambos miraron por la borda. Era cierto. En el mar helado habían aparecido unas grietas.

El resto de la tripulación se despertó y subió a la cubierta.

—Ya no estamos atrapados en el hielo —dijo uno.

—Informaré a Frankenstein —le dijo Walton a Rostop—. Si abandonamos la misión podemos llevarlo a un hospital. Los hombres necesitan volver a casa. Es demasiado peligroso continuar.

Walton bajó al camarote. —¿Víctor...?

Frankenstein estaba tumbado en la cama, con una mano sobre el piso. A su lado había una criatura enorme, tan monstruosa que Walton tuvo que apartar la mirada un momento. La criatura tenía la otra mano de Frankenstein en la suya.

—Creo —dijo Walton armándose de valor— que ha subido a mi barco sin mi permiso.

La criatura miró a Walton enfurecida y después se giró de nuevo hacia el cuerpo sin vida de su creador. —Le ruego que no dé la alarma. Murió anoche de fiebre, no en mis manos. Pude sentir su pérdida inmediatamente. Estábamos muy unidos. Era mi creador, mi madre y mi padre.

—¿Está satisfecho ahora que lo ha destruido? —preguntó Walton.

—No quería destruirlo —contestó el monstruo llorando—. Solo quería que se preocupara por mí.

—Y ahora los dos lo han perdido todo —dijo Walton.

La criatura tomó el cuerpo de Frankenstein en sus brazos. —Los dos fuimos tontos. Él por su arrogancia y yo por mi necesidad. Pero nos quedaremos juntos para siempre en el hielo profundo del Ártico. En el mundo de los hombres no hay lugar para mí. Nunca volveré a mirar a un ser humano.

Un momento más tarde, el monstruo saltó por la ventana llevándose el cuerpo de Frankenstein. Aterrizó en un témpano de hielo y la corriente se los llevó, a él y a su creador, a la oscuridad.

LA PUERTA

El Sr. Utterson, el abogado, era un hombre alto y delgado que nunca sonreía. Los únicos amigos que tenía eran sus parientes o personas que había conocido por casualidad hacía mucho tiempo. El Sr. Enfield era una de esas personas, y también su primo lejano. Los dos hombres solían pasear juntos los domingos. En uno de sus paseos dominicales, pasaron por delante de una puerta sin número con la pintura descascarillada. Era la única entrada a un edificio sin ventanas.

—Puedo contarle una historia extraña sobre esa casa —dijo el Sr. Enfield—. Hace tiempo, volvía a mi casa hacia las tres de la madrugada cuando de repente apareció un hombre por una esquina y se chocó con una niña pequeña. ¡Le pasó por encima y siguió caminando! Lo perseguí y lo arrastré de vuelta al lugar donde se habían reunido su familia y un médico. Afortunadamente, la niña no estaba mal herida.

»Se imaginará que la familia estaba furiosa con el hombre. Pero era más que eso, sentíamos un odio abrumador hacia él. Hasta el amable doctor sentía repugnancia por sus acciones. Le haríamos pagar por lo que había hecho y lo avergonzaríamos por todo Londres.

Él se rió, pero estaba claramente preocupado.

"Todos los hombres desean evitar una escena —dijo—. Díganme el precio".

Le dijimos que si pagaba £100 a la familia de la niña no contaríamos lo que había pasado.

—Nos llevó hasta su puerta para darnos el dinero, sacó la llave y entró. Pronto regresó con £10 en oro y un cheque de £90 firmado por un hombre honorable y famoso. Y este es el misterio: ¿por qué un hombre respetado le daría un cheque a una persona tan horrible?

Desde entonces, el Sr. Enfield había estado observando la casa y no vio entrar ni salir a nadie salvo aquel hombre espantoso. Aunque en el edificio no había ventanas que dieran a la calle, tenía cuatro ventanas que daban a un patio interior. Normalmente salía humo por la chimenea, así que era evidente que alguien vivía allí.

—¿Averiguó el nombre de este truhán? —preguntó Utterson.

—Sí, se llama Hyde —contestó Enfield.

—¿Qué tipo de persona es?

—Tiene un aspecto extraño y desagradable —dijo Enfield—. Nunca había sentido tanta repugnancia por un hombre, pero no sé bien por qué.

—¿Está seguro de que usó una llave? —preguntó Utterson—. Sé que es una pregunta extraña pero creo que conozco a la persona que firmó el cheque: el hombre que vive en esta casa es un buen amigo mío.

—Ya veo —dijo Enfield—, pero Hyde tenía la llave y sigue teniéndola. Vi cómo la usaba hace una semana. Aquí hay algo raro que me inquieta. ¡Mejor no sigamos hablando de este asunto!

"Sr. Encuentra"

Esa noche, Utterson sacó el testamento que guardaba a buen recaudo para su amigo, el Dr. Henry Jekyll. Lo leyó. El testamento decía que si Jekyll moría, todas sus pertenencias pasarían a su amigo, el Sr. Edward Hyde. Y si Jekyll desaparecía por más de tres meses, el Sr. Hyde se haría cargo de sus pertenencias. A Utterson siempre le había resultado extraño ya que nunca antes había oído hablar de Hyde. Ahora le parecía incluso más preocupante ya que Hyde no parecía que fuera el tipo de persona que Jekyll tendría como amigo.

Utterson fue a preguntarle al Dr. Lanyon, un viejo amigo de Jekyll, si había oído hablar del Sr. Hyde.

—No, no lo conozco y hace mucho que no veo a Jekyll —dijo Lanyon—. Hace unos diez años empezó a comportarse de manera muy extraña. Creo que estaba perdiendo la cabeza.

La historia del hombre que había derribado a la pobre niña le preocupaba tanto a Utterson que no podía dormir. Se preguntó qué conexión tendría con Jekyll. Su curiosidad creció y empezó a pasar por la puerta misteriosa para ver si conseguía ver a Hyde en persona.

—Si él es el Sr. Hyde, el que se esconde, yo seré el Sr. Encuentra —se dijo a sí mismo.

Por fin, una noche fría, Utterson oyó unas pisadas a lo lejos y vio un hombre que se acercaba a la puerta. El hombre miraba a su alrededor mientras caminaba.

102

El Sr. Utterson conoce al Sr. Hyde

Utterson se sentía asqueado ante la presencia de Hyde, pero salió de las sombras para saludarlo.

—¿Es usted el Sr. Hyde? —preguntó Utterson.

—Así me llamo. ¿Qué quiere? —gruñó.

—Tengo que ver al Dr. Jekyll —dijo Utterson sin rodeos.

—El Dr. Jekyll no está aquí —contestó el hombre—. ¿Cómo sabe quién soy yo?

—Tenemos amigos en común.

—¿Quiénes? —preguntó Hyde.

—Por ejemplo, el Dr. Jekyll —dijo Utterson.

—¡Él nunca le habría hablado de mí! —dijo Hyde enojado. Cruzó la puerta y pegó un portazo.

—Ese tipo tiene poco de humano —se dijo Utterson—. Parece un verdadero demonio.

Utterson fue a visitar a Jekyll, pero su amigo había salido. Le preguntó a Poole, el sirviente, si sabía algo de Hyde y le contó que casi nunca lo veía en la casa. Salía y entraba por la puerta del laboratorio de Jekyll. Utterson volvió a su casa, convencido de que Hyde debía tener cierto poder sobre Jekyll. A lo mejor lo amenazaba con revelar algún secreto de su pasado.

Dos semanas más tarde, Utterson fue a cenar a casa de Jekyll. Cuando mencionó a Hyde, Jekyll se puso pálido.

—Sé que has visto a Hyde —dijo Jekyll—. Me lo dijo él mismo. Por favor, prométeme que si desaparezco, te asegurarás de que se cumpla mi testamento. ¡Ahora te ruego que no vuelvas a hablar de él!

¡Asesinato!

Un año más tarde, ocurrió un horrible asesinato en Londres. La única testigo era una joven criada que había visto todo desde la ventana. Un anciano que caminaba por la calle se encontró con un hombre bajo que al principio le gritó. Después, el hombre bajo levantó su bastón y lo golpeó una y otra vez. Cuando el viejo cayó al suelo, su atacante continuó golpeándolo hasta que se rompió el palo. La criada reconoció al atacante: era el Sr. Hyde. Observó horrorizada cómo golpeaba al anciano hasta matarlo y luego lo pisoteaba. Estaba tan afectada por la violencia que se desmayó, y por eso no se lo contó a la policía hasta pasado un tiempo.

Cuando finalmente llegó la policía, Hyde ya se había ido. Pero el anciano tenía una carta en el bolsillo con la dirección de su abogado, que resultó ser el señor Utterson. Para entonces, Utterson ya conocía la dirección de Hyde y, tras escuchar horrorizado que habían asesinado a su cliente, llevó a la policía al lugar donde vivía Hyde.

La casa de Hyde estaba en una zona pobre, con puestos de comida barata y niños harapientos acurrucados en las puertas. Jekyll era muy respetado por su trabajo y era bastante rico, por lo que a Utterson le resultó extraño que ahí viviera uno de sus amigos. El policía llamó a la puerta, y la abrió una mujer pálida de cabello plateado y un brillo malvado en los ojos.

—El Sr. Hyde no está aquí —dijo forzando una sonrisa en sus labios finos—. Regresó anoche por unos minutos pero eso es todo. En realidad hace casi dos meses que no vive aquí.

—Queremos ver sus aposentos —contestó Utterson—. Él es el Inspector Newcomen de Scotland Yard.

—¡Oh! ¡Se ha metido en problemas! ¿Qué ha hecho?—. La mujer parecía alegrarse y dejó entrar a los dos hombres en la casa.

—Este tipo, Hyde, no parece muy popular —le murmuró el policía a Utterson.

La casa era grande, pero Hyde solo usaba dos habitaciones y las demás estaban vacías. A Utterson le sorprendió que el lugar estuviera decorado con gusto, aunque muy desordenado. La ropa asomaba por las gavetas y había papeles quemados apilados en la chimenea. Parecía como si alguien hubiera estado buscando algo y se fue con mucha prisa. Apareció la otra mitad del bastón roto detrás de la puerta, lo que confirmó la culpabilidad de Hyde.

Esa misma tarde, Utterson fue a la casa de Jekyll. Lo encontró sentado en la oficina encima de su laboratorio con aspecto pálido y enfermizo. Utterson nunca lo había visto en ese estado. Le preguntó a su amigo si estaba ayudando a Hyde a esconderse de la policía.

—¡Juro que he terminado con Hyde! —aseguró Jekyll —. Nunca más volveré a verlo. Se ha ido para siempre. Y yo he aprendido una horrible lección.

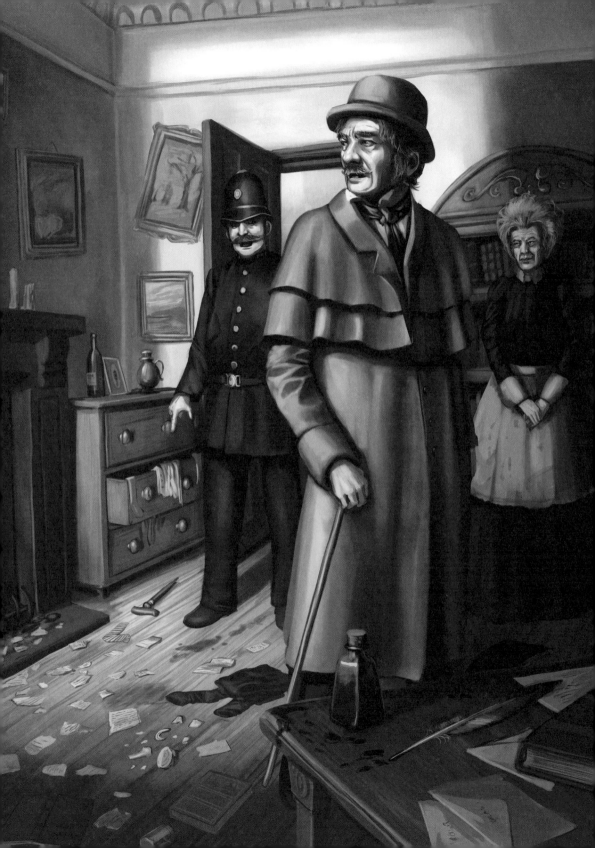

Una horrible conmoción

A Utterson le tranquilizaron las palabras de su amigo. Despues, Jekyll le dio una carta.

—No sé si mostrarle esto a la policía —dijo—. ¿Puedes tomar tú la decisión?

Era una carta de Hyde que decía que tenía una manera segura de escapar y que nunca volvería. Jekyll dijo que se la habían entregado en mano y había quemado el sobre pero, cuando Utterson le preguntó a Poole, este dijo que nadie había ido a entregar la carta. Utterson volvió a sentir miedo.

Esa tarde, Utterson se sentó a hablar con su empleado, el Sr. Guest. Guest era excelente a la hora de evaluar el carácter de la gente por su caligrafía. Utterson le mostró la carta de Hyde y en ese momento, apareció el criado con una nota de Jekyll invitando a Utterson a cenar. Guest le pidió que le mostrara la nota. Era muy extraño: la caligrafía de Hyde era igual que la de Jekyll, pero inclinada hacia el otro lado. Utterson sintió un escalofrío. ¿Estaría Jekyll intentando falsificar las cartas de un asesino?

Durante dos meses, todo transcurrió con normalidad. Jekyll volvía a ser el de siempre, cenaba con sus amigos y trabajaba. Pero después, durante varios días seguidos, dijo que se encontraba demasiado enfermo para ver a Utterson.

Utterson fue a ver a Lanyon y le sorprendió verlo tan cambiado. Estaba muy delgado y enfermo y le dijo a Utterson que se estaba muriendo.

—He recibido una horrible conmoción de la que nunca me recuperaré —dijo—. Me quedan pocas semanas de vida...

La disputa con el Dr. Lanyon

—Nuestro amigo Jekyll también está enfermo —dijo Utterson.

—¡No me vuelvas a hablar de él! —dijo Lanyon—. He terminado con él para siempre. ¡Para mí está muerto! Cuando yo muera descubrirás todo sobre este asunto, pero por ahora, no te lo puedo contar.

Cuando Utterson volvió a su casa, le escribió a Jekyll para preguntarle por qué ya no era amigo de Lanyon. Al día siguiente recibió una larga respuesta, diciendo que la disputa era definitiva y que Jekyll no pensaba volver a hablar con Lanyon. Jekyll añadió que seguía considerando a Utterson como su amigo, pero tampoco podía volver a verlo.

—Quiero llevar una vida aislada. Yo mismo me he provocado un destino horrible. Nunca imaginé que podía haber en el mundo tanto sufrimiento y terror.

Utterson leyó la carta sorprendido. ¿Se había vuelto loco su amigo? Se sentía herido, pero no podía hacer nada. Una semana más tarde, la salud de Lanyon empeoró y se murió a la semana siguiente. Después del funeral, Utterson recibió un sobre de Lanyon con instrucciones de abrirlo si Jekyll moría o desaparecía.

La nueva referencia a la desaparición de Jekyll le heló los huesos a Utterson. ¿Por qué pensaba Jekyll que podía desaparecer? Utterson estaba desesperado por saber más, pero respetó los deseos de Lanyon. Con mano temblorosa, metió el sobre sin abrir en la caja fuerte, junto al testamento de Jekyll.

Una cara en la ventana

Un tiempo más tarde, Utterson estaba dando su paseo dominical con Enfield cuando se detuvieron delante de la misma puerta del suceso que le había contado Enfield hacía mucho tiempo.

—Ya no volveremos a oír hablar de Hyde —dijo Enfield.

—Eso espero —contestó Utterson—. Solo lo vi una vez y sentí el horror que describiste.

—Es imposible no sentirlo —contestó Enfield—. Debo decirte que sé que esta puerta da a la entrada trasera del laboratorio del Dr. Jekyll.

—Ah, pues ahora que sabes quién vive ahí —contestó Utterson—, deberíamos acercarnos al patio y echar un vistazo. Me preocupa Jekyll.

Se acercaron y se asomaron por la ventana de la oficina de Jekyll, que estaba encima del laboratorio. Lo vieron ahí, sentado cerca de la ventana, con muy mal aspecto.

Utterson lo llamó, le presentó a su primo y lo invitó a pasear con ellos.

—Me gustaría —dijo Jekyll—, pero es imposible.

—Entonces quédate aquí y háblanos desde la ventana — sugirió Utterson. Jekyll asintió pero un momento más tarde apareció en su rostro tal expresión de terror y desesperación que a Utterson se le congeló la sangre. Jekyll cerró la ventana de golpe. Asustados y sin saber qué pasaba, Utterson y Enfield se alejaron. No se atrevieron a decir nada hasta que estuvieron lejos.

—¡Que Dios nos perdone! —dijo Utterson.

Un suceso extraño

Unos días más tarde, Utterson estaba en su casa durante una noche fría de marzo cuando llegó Poole, el mayordomo de Jekyll. El hombre tenía muy mal aspecto. Estaba pálido y asustado y apenas podía hablar.

—Sr. Utterson —balbuceó—. Ha ocurrido algo horrible. Llevo semanas atemorizado y ya no puedo soportarlo más. ¡Es algo espantoso!

Utterson no consiguió sonsacarle más y por fin se ofreció a acompañarle a casa de Jekyll.

Cuando llegaron, Poole parecía más asustado que antes. En la casa, estaban todos los criados aglomerados en el pasillo y una sirvienta lloraba. Poole la hizo callar, pidió una vela y llevó a Utterson al jardín. Atravesaron el patio hasta el laboratorio de Jekyll. Poole le pidió a Utterson que escuchara pero que no entrara en la oficina de Jekyll por mucho que se lo pidiera. Después tocó a la puerta y anunció que Utterson había ido a visitarlo.

—¡Dile que no puedo ver a nadie! —contestó una voz.

—¿Cree que esa es la voz de mi patrón? —preguntó Poole.

—Está muy cambiada —admitió Utterson nerviosamente.

—Creo que no es él —dijo Poole—. ¡Me temo que lo han asesinado! Creo que lo mataron hace ocho días, cuando lo oímos gritar el nombre de Dios. El misterio, señor, es quién o qué está ocupando su lugar y por qué.

A Utterson le pareció que la teoría de Poole era difícil de creer y le preguntó si tenía alguna prueba.

—Durante toda la semana —contestó Poole—, quien sea o lo que sea que esté ahí ha estado pidiendo medicinas que no se pueden conseguir. Encontré notas en las escaleras para que fuera a la farmacia, pero rechazaba todo lo que le traía. Mire.

Poole le mostró a Utterson una nota pidiéndole una medicina al farmacéutico y diciendo que las remesas que había recibido antes no servían.

—¿Ha visto a Jekyll? —preguntó Utterson. Poole le dijo que lo había visto de lejos en el laboratorio, pero cuando el doctor vio a Poole, gritó y se escondió. Llevaba una máscara para taparse la cara.

—Parece que su patrón tiene una enfermedad que le causa una deformidad y le tortura —explicó Utterson—. La única explicación es que está intentando hallar la medicina que lo cure. Espero que la encuentre pronto.

Poole no estaba satisfecho. —No creo que fuera mi patrón —dijo—. Mi patrón es un hombre alto y la persona que huyó de mí era casi un enano. Esa persona que llevaba la máscara no era el Dr. Jekyll. ¡Creo que han asesinado a mi patrón!

—Si está convencido de eso, debemos asegurarnos de que es cierto —dijo Utterson—. Me veo obligado a derribar la puerta para comprobar si está vivo.

Un descubrimiento sorprendete

Utterson tomó un atizador y Poole un hacha, y se prepararon para destrozar la puerta de la oficina de Jekyll.

—Poole, si tiene una idea de qué o a quién nos vamos a encontrar, debe decírmelo ahora —dijo Utterson.

—Señor, creo que es Hyde —dijo Poole—. Cuando desapareció después del asesinato, todavía tenía la llave. Hay algo antinatural en él que da escalofríos. Cuando esa cosa pasó corriendo a mi lado, sentí la misma sensación de terror. Sé que eso no es una prueba, pero estoy casi seguro de que es Hyde

Llamaron a un lacayo para que esperara junto a la puerta trasera, por si alguien intentaba escapar por ahí, y esperaron un rato, escuchando el sonido de unos pasos.

—Eso es todo lo que hace día y noche —dijo Poole —. Aunque una vez lo oí sollozar y sentí tanto miedo que casi me mojo los pantalones.

Utterson llamó y dijo que exigía ver a Jekyll o derribaría la puerta si no se lo permitían.

—¡Dios mío, ten misericordia! —le contestaron.

—Esa no es la voz de Jekyll, ¡es la de Hyde! —gritó Utterson—. ¡Derribemos la puerta!

Poole la golpeó con el hacha y el golpe hizo temblar el edificio. Oyeron un horrible grito en el cuarto. Siguió golpeando y haciendo astillas la madera, hasta que por fin, la puerta cedió y los dos entraron en la sala.

Era como cualquier habitación aseada de Londres, con una chimenea encendida y un juego de té listo. Había montones de papeles ordenados en un escritorio. Pero en medio de la sala, se encontraba la figura retorcida de un hombre tumbado boca abajo. Todavía temblaba cuando Utterson y Poole se acercaron. Era pequeño y vestía ropas demasiado grandes para él. Le dieron la vuelta y vieron la cara de Hyde. Estaba muerto, y el olor a almendras le indicó a Utterson que se había envenenado con arsénico.

—Hemos llegado tarde —gruñó Utterson—. Ahora debemos encontrar el cuerpo de tu patrón. Tenemos que encontrar a Jekyll.

Registraron el laboratorio de la planta baja y todos los armarios. La puerta del sótano estaba cubierta por una cortina de telarañas que no se había limpiado en años, por lo que sabían que estaba vacío. No había señales de Jekyll por ninguna parte, ni vivo ni muerto.

Buscaron nuevas pistas en la oficina. Había una mesa con restos de experimentos químicos y platos de vidrio con el polvo que Poole había recogido de la farmacia. El espejo estaba ladeado hacia el techo, por lo que no reflejaba nada de la habitación. Era como si alguien le preocupara lo que el reflejo podía revelar. Entre los papeles del escritorio, encontraron un sobre dirigido a Utterson. El abogado lo abrió apresuradamente y cayeron varios papeles al piso.

El testamento del Dr. Jekyll

Uno de los documentos era el nuevo testamento de Jekyll, por el que nombraba a Utterson como heredero en lugar de a Hyde. Utterson estaba sorprendido. ¿Qué significaba eso?

—Este testamento estaba aquí, a la vista. ¡Hyde lo podía haber destruido! —dijo. Después vio una carta escrita por Jekyll que tenía la fecha de ese mismo día.

—Poole —dijo—, ¡estuvo aquí hoy! No han podido matarlo y deshacerse de él tan rápidamente. Seguro que se ha ido. Y si estuvo aquí recientemente, ¿cómo podemos estar seguros de que no mató él a Hyde?

—Lea lo que dice, señor —dijo Poole.

—Me da miedo lo que pueda descubrir —dijo Utterson en voz baja. Pero abrió la carta con el corazón latiendo con fuerza:

Mi querido Utterson, si lees esto es porque he desaparecido. No sé cómo ni por qué, pero me temo que el final está cerca. Lee primero el documento que te dio Lanyon. Después lee mi confesión que adjunto aquí.

Utterson agarró la confesión sellada.

—Son las diez de la noche. Voy a ir a mi casa para leer tranquilamente estos documentos —dijo Utterson—. Pero volveré antes de medianoche y llamaremos a la policía.

Dejaron el cuerpo de Hyde donde lo habían encontrado y cerraron el laboratorio. Utterson caminó a su casa con miedo. ¿Qué revelarían la confesión de Jekyll y el sobre de Lanyon?

La carta del Dr. Lanyon

Utterson se sentó junto al fuego para leer la carta de Lanyon:

El 9 de enero, recibí una carta del Dr. Jekyll, enviada por correo certificado que me llegó esa misma noche. Había cenado con Jekyll la noche anterior y me sorprendió que tuviera algo tan urgente que contarme. Me pedía algo extraño: que fuera a la casa de Jekyll, donde Poole me esperaría con un cerrajero para ayudarme a entrar en la oficina. Tenía que sacar una gaveta de un armario que contenía algunos polvos, una pequeña botella de líquido y un libro. Luego debía esperar en casa hasta la medianoche, cuando un hombre vendría a recogerlo en nombre de Jekyll. Debía hacerlo en secreto y ninguno de mis sirvientes podía ver al hombre. La carta decía que si fracasaba en esta tarea, Jekyll pronto moriría o enloquecería.

Estaba seguro de que Jekyll ya estaba loco para enviar esa carta, pero pensé que era mejor hacer lo que me pedía. Fui a su casa, donde efectivamente, Poole estaba esperando y, con mucha dificultad, entramos en la oficina. Me llevé la gaveta a casa y la examiné. Los polvos eran pequeños cristales blancos, como la sal. La botella de vidrio contenía un líquido rojo de olor fuerte. El libro era un simple cuaderno con una lista de fechas, remontándose a varios años, y junto a algunas de ellas estaba escrita la palabra "doble". Envié a mis sirvientes a la cama, cargué mi revolver y esperé.

126

En cuanto el reloj marcó la medianoche, se oyó un golpe en la puerta. La abrí y me encontré a un hombre bajo de hombros hundidos.

—¿Le envió el Dr. Jekyll? —pregunté, y él asintió. Lo invité a pasar. Cuando lo vi con luz, me dio sensación de asco y curiosidad. Había algo en él terriblemente sorprendente. La ropa le quedaba demasiado grande, llevaba las mangas remangadas y el cuello abierto. En un lugar de tener aspecto cómico, su atuendo daba terror. Me agarró del brazo con urgencia.

—¿Lo tiene? —siseó.

Al tocarme se me heló la sangre y lo aparté de mí.

—No haga eso, por favor —dije.

Se sentó y se disculpó, pero estaba claramente alterado y apenas podía mantener el control. Señalé la gaveta que había dejado en el piso. Él la agarró y sollozó aliviado al ver su contenido.

—¿Tiene un vaso? —preguntó.

Con la mano temblorosa, le pasé uno. Él midió una pequeña cantidad del líquido rojo y añadió los polvos. La mezcla burbujeó dramáticamente y el humo se elevó por el aire. Primero se puso de un color morado oscuro, y después, de un verde intenso. El hombre se llevó el vaso a los labios y estaba a punto de beber con avidez cuando, de repente, se detuvo en seco y se volvió para mirarme...

—¿Va a ser inteligente y dejarme beber esto en la calle o siente demasiada curiosidad? —dijo—. Haré lo que me pida. Puede seguir en su estado actual, feliz de haber hecho una buena obra para un viejo amigo. De lo contrario, sus ojos están a punto de ver algo que sorprendería al mismo demonio.

Fingí estar tranquilo, pero no lo estaba.

—Estoy demasiado involucrado en este extraño asunto para no ver el final —dije.

—Como desee, Lanyon. Si nunca ha creído en lo extraño y sobrenatural, eso está a punto de cambiar.

Levantó el vaso y bebió el líquido de un trago. Después se tambaleó y se agarró a la mesa. Tenía la boca y los ojos muy abiertos. Observé con horror. Su rostro parecía hincharse y oscurecerse, sus rasgos se derritieron y cambiaron. Salté hacia atrás, aplastándome contra la pared y grité alarmado..

Allí, delante de mí, se encontraba el Dr. Jekyll. Estaba pálido, temblando y parecía que había regresado de entre los muertos. No me atrevo a repetir lo que me dijo esa noche. Pero sé lo que vi. No puedo describir el horror y la conmoción y no puedo olvidarlo. Sé que ahora moriré con este secreto. La criatura que se coló en mi casa esa noche era sin ningún lugar a duda Hyde, ¡con lo que Jekyll y Hyde eran la misma persona!

130

La confesión del Dr. Jekyll

Utterson estaba conmocionado y sujetaba la carta de Lanyon con manos temblorosas. ¿Habría perdido Lanyon la cabeza? Fue a buscar la confesión de Jekyll en el sobre sellado que había dejado en su oficina. Seguro que esa carta revelaría la verdad del asunto. Utterson empezó a leer:

Nací en una familia adinerada, pero mi impulso natural siempre fue trabajar duro. Quería impresionar a la gente y no quería que me vieran divirtiéndome por si no me tomaban en serio. Eso significaba que debía mantener mis dos mitades separadas. Mi mitad más grande era mi parte seria y trabajadora. Oculté la mitad a la que le gustaba el placer porque me parecía vergonzosa. Entonces me convertí en algo así como dos personas en un solo cuerpo. Me fascinaba la idea de que las personas tenían una mitad buena y una mala.

Desarrollé una poción que podría liberar a la mitad de la que me avergonzaba y eliminar la parte que me impedía sentir placer. Durante mucho tiempo no la bebí, pero al final la curiosidad se apoderó de mí.

Una noche, muy tarde, cerré la puerta y bebí la poción. Inmediatamente me atormentó el dolor y la enfermedad, y una horrible sensación de estar naciendo o de haberme muerto golpeó mi cuerpo. Cuando por fin pasó, ¡me sentía tan vivo! Salí de la oficina y fui a mi habitación para mirarme al espejo. Ahí fue donde vi por primera vez el horrible rostro de Hyde.

No me asustaba su fealdad porque la aceptaba como parte de mí mismo. La siguiente prueba era averiguar si podía volver a mi forma habitual. Tomé otra dosis de la poción y sufrí las mismas agonías. Afortunadamente, la medicina también funcionaba a la inversa y me transformé nuevamente en Jekyll. El experimento había funcionado.

Hyde era más bajo que yo y más joven; esperaba que fuera así porque mi parte mala era más pequeña que la buena y no había podido desarrrollarse. Noté también que nadie podía mirar a Hyde sin sentir miedo. Concluí que era porque casi toda la gente tiene una mezcla del bien y del mal, mientras que Hyde era pura maldad.

Durante mucho tiempo, disfruté de la libertad que tenía para cambiar de identidad. Yo era el médico respetable y me dedicaba a mis asuntos como de costumbre. Pero cada vez que lo deseaba, podía tomar la poción y convertirme en Hyde, ir a la ciudad para disfrutar de los placeres que quisiera sabiendo que nunca causaría una mala impresión en Jekyll. Para hacerlo más fácil, les dije a mis sirvientes que Hyde tenía permiso para entrar y salir. Alquilé cuartos para él y los decoré. Abrí una cuenta bancaria a su nombre y aprendí a cambiar la inclinación de mi caligrafía. Hubo veces que la poción no funcionó y no podía transformarme en Hyde, pero no me preocupaba.

Perder el control

*E*ntonces, un día, me llevé una horrible sorpresa. Me desperté por la mañana con la sensación de que estaba en el lugar equivocado, aunque seguía estando en mi casa. Fue entonces cuando bajé la mirada y al ver la mano de Hyde me di cuenta de lo que estaba pasando.

Me había acostado como Jekyll, pero me desperté como Hyde. ¡El cambio sucedió sin la poción! Sentí pánico.

Al principio me había resultado difícil adoptar la forma de Hyde, ¡pero ahora era imposible mantenerlo alejado! Me estaba ganando la partida. Corrí al laboratorio para encontrar la poción, asustando a uno de los sirvientes, y me la bebí inmediatamente. Ese día bajé a desayunar como Jekyll, aunque no tenía apetito.

Entonces sentí que debía elegir entre ser Jekyll o Hyde. Era una decisión difícil para mí. Jekyll siempre podía recordar y disfrutar de las excursiones de Hyde, pero Hyde no tenía ningún interés en la vida de Jekyll. Si abandonaba a Jekyll, perdería mi trabajo y mi reputación, por no hablar de mis amigos y todo lo que valoraba. Pero si abandonaba a Hyde, perdería la libertad de poder disfrutar sin miedo a las consecuencias.

Al final decidí quedarme con la forma de Jekyll. Durante meses no volví a tocar la poción. Pero después empecé a extrañar la libertad que tenía Hyde. No aguanté más y me tomé ansiosamente una dosis de la poción.

Después de dos meses sin tomarla, el efecto de la poción era muy potente. El demonio llevaba enjaulado mucho tiempo; el espíritu del infierno se despertó en mí y se enfureció. Salí a la calle como Hyde, impaciente por disfrutar de los malos placeres. Encontré a un anciano y lo golpeé hasta matarlo, lo que me causó un terrible regocijo.

Pero a pesar de ser Hyde, era consciente del peligro que conllevaba el crimen. Corrí a mi laboratorio y tomé la poción de inmediato. Una vez transformado en Jekyll, no sufriría ningún castigo. Sentí una gran culpa y vergüenza, pero sabía que debía permanecer como Jekyll. Si Hyde volvía a mostrar su rostro, lo ahorcarían por sus crímenes.

Mi alivio no duró mucho. Un día claro de enero, estaba caminando por el parque Regent y me senté en un banco. En cuanto pensé que ahora era igual que el resto de los hombres, con partes buenas y malas en un solo cuerpo, empecé a sentirme muy enfermo. La sensación pasó, pero cuando me miré las manos y la ropa, vi el cuerpo de Hyde. Consciente del peligro de que me atraparan y me acusaran de asesino, incluso mis propios sirvientes, fui a un hotel como Hyde, pero tenía que conseguir la poción que estaba en mi oficina. Escribí cartas con mi letra a Poole y Lanyon para decirles que Lanyon debía conseguir la poción y que Hyde la recogería en su casa.

La última noche

Cuando cayó la noche, Hyde tomó un taxi y fue de un lado a otro. Después caminó escondido entre las sombras. Le atormentaban sus miedos, murmuraba para sus adentros y golpeaba a quien le hablara. Por fin, fue a la casa de Lanyon y se tomó la poción. Siento haber asustado a mi viejo amigo, pero eso solo fue una gota entre los terrores que ocurrieron esa noche.

Lo que me impulsaba ya no era el miedo a la horca, sino el miedo a ser Hyde. Regresé a casa y dormí. Me sentí aliviado al despertarme como Jekyll y tener la poción cerca. Pero al cruzar el patio sentí los temblores que anunciaban un nuevo cambio. Corrí a mi oficina y tuve que tomar el doble de dosis para volver a ser yo mismo.

Seis horas más tarde volví a cambiar. Cada vez pasaba con más frecuencia y sentía que ya no podía controlarlo. Desde ese día, hacía grandes esfuerzos para permanecer como Jekyll y tomaba la poción casi todo el rato. Si me dormía, me despertaba como Hyde, así que dormía muy poco y estaba agotado.

Los dolores de la transición eran menores y cambiaba fácilmente de una forma a otra. Hyde se hizo más fuerte; tenía instintos asesinos y de odio. Sabía que la única manera de escapar del castigo de sus crímenes era si se escondía en el cuerpo de Jekyll. Su ira lo llevó a destruir todos mis libros y el retrato de mi padre. Pero su amor por la vida era maravilloso y temía que yo acabara con ella. Por esa razón, casi siento lástima por él.

Pero todo llegó a su fin. Me quedé sin sal para hacer la poción. Mandé a pedirla una y otra vez, pero no era la misma. Probé con otras pociones, pero no tenían ningún efecto. Ahora estaba claro que la primera remesa de sal era impura y que la impureza fue lo que hizo que funcionara, pero no sé de qué impureza se trata. Ya no me queda más poción. Cuando vuelva a convertirme en Hyde, nunca más podré regresar. Escribo esta confesión para zanjar este asunto antes de que suceda el cambio. No quiero que Hyde la destruya.

Dentro de media hora volveré a tener su personalidad odiosa. Pasearé de un lado a otro de la habitación, el único lugar seguro para Hyde, y temblaré con cualquier sonido. No sé si Hyde morirá en las mazmorras o se quitará la vida y no me importa.

Ha llegado la hora de mi muerte. Dejo mi pluma y mi sello en esta confesión para poner final a la infeliz vida de Henry Jekyll.

Utterson dejó la confesión sobre el escritorio. Un escalofrío le recorrió el cuerpo al leer las cartas y tembló. Dio gracias a Dios porque Jekyll se había liberado de su pesadilla en vida. Después se prometió no revelar jamás los horrores de la vida secreta que su amigo se había llevado a la tumba...

ICHABOD CRANE

Sleepy Hollow, en el estado de Nueva York, no era el lugar donde te hubiera gustado vivir si te gustaban las aventuras. Era un pueblo pequeño y tranquilo, enclavado entre colinas, con algunas tiendas, una iglesia y un cementerio. También tenía una escuela que estaba a cargo de un maestro de Connecticut. Se llamaba Ichabod Crane.

El Sr. Crane era muy alto y delgado, con brazos y piernas que parecían escobas. Tenía la cabeza pequeña y redonda, plana en la parte superior, los ojos verdes vidriosos, la nariz puntiaguda y orejas que temblaban cuando se emocionaba. Cuando cruzaba los campos de cultivo por la mañana para ir a la escuela, parecía un espantapájaros que había escapado de la huerta.

A la gente de Sleepy Hollow no le importaba que el maestro pareciera un espantapájaros. A Ichabod Crane se le daba muy bien contar historias y leer poemas, y podía mantener al público entretenido durante horas con sus chistes y sus canciones. Las esposas de los granjeros a menudo se reunían para hilar y siempre lo invitaban a acompañarlas y lo tentaban con manzanas asadas. Él les hablaba de sus viajes y les contaba historias largas y complicadas sobre personas y lugares famosos.

A cambio, las esposas de los granjeros le contaban cuentos de fantasmas. Todos en Sleepy Hollow creían en los fantasmas y muchos afirmaban haber visto luces extrañas en el campo o haber oído ruidos misteriosos bajo los puentes. Cada callejón oscuro, cada campo brumoso y cada esquina sombría de Sleepy Hollow tenía una historia de terror e Ichabod quería escucharlas todas.

La leyenda

Una tarde, cuando Ichabod terminó de leer un poema a las hilanderas, una de ellas le dijo: —Sr. Crane, ¿ha oído la historia de nuestro jinete sin cabeza? —preguntó con voz siniestra—. Es nuestro fantasma más famoso, la leyenda de Sleepy Hollow.

—La he escuchado por encima —contestó Ichabod—, pero no la conozco bien.

—Dicen que es el fantasma de un joven soldado alemán —dijo otra—. Lo trajeron de Europa para que luchara contra nosotros en la Guerra de la Independencia. Al pobre le volaron la cabeza de un cañonazo y lo tuvieron que enterrar sin cabeza en el cementerio. Dicen que todas las noches cabalga por el campo de batalla en busca de su cabeza, pero nunca la encuentra.

—Qué historia más triste —dijo Ichabod—. Debería escribir un poema o un ensayo sobre eso.

—¿Usted cree en fantasmas, Sr. Crane? —preguntó una señora mientras Ichabod le daba otro bocado a una manzana asada.

—He viajado por la ancho y largo de este mundo y he aprendido que hay mucho más allá de lo que vemos con nuestros ojos y oímos con nuestros oídos —confesó el maestro—. Sí, creo que hay un mundo invisible; cosas que pasan a nuestro alrededor y no siempre podemos ver. Es un mundo que está muy cerca de nosotros, aunque no nos demos cuenta.

Algunas de las mujeres se estremecieron ante la idea de un mundo invisible tan cercano al suyo.

—¿No le dan miedo los fantasmas? —preguntó una.

—Mis viajes me han enseñado a ser valiente —contestó Ichabod—. Pero debo admitir que cuando viajo solo, tomo precauciones. Sobre todo si estoy lejos de casa y es una noche oscura y tormentosa.

Ichabod se acomodó en su silla y disfrutó de su audiencia captiva. —La naturaleza está llena de espíritus malvados que deambulan por la tierra para causar daños —continuó—. Si se detienen a escuchar, pueden oír sus pisadas fantasmales siguiéndoles. Ese ruido que creían que era el crujido de las ramas sobre su cabeza suele ser el gemido de un alma perdida que trata de encontrar el camino a casa. A menudo he visto luces misteriosas flotando sobre los pantanos. Los granjeros me dicen que son luciérnagas, pero ¿cómo explica eso los extraños gemidos que las acompañan? No, lo sé de corazón, son bribones o lámparas de calabaza que buscan a las almas para llevárselas.

—¿Pero cómo nos podemos proteger contra esos terribles espíritus? —preguntó la señora.

—El arma más potente contra los fantasmas es el canto —dijo Ichabod—. Los fantasmas odian el sonido de la voz al cantar, sobre todo si es un himno.

Las mujeres miraron a Ichabod con admiración:

—Entonces, ¡enséñenos esos himnos!

¡Comida, deliciosa comida!

Se corrió la voz en Sleepy Hollow de que Ichabod Crane enseñaba himnos y sus clases pronto se llenaron. Los que no cabían en la escuela lo invitaban a que les diera clases en sus casas y algunos compraron instrumentos musicales como pianolas o violines.

Esas eran las clases preferidas del maestro de escuela. Siempre había comida y bebida para él, tanto antes como después de la práctica de los himnos. Ichabod era delgado como un rastrillo, pero no había nada que más le gustara que un buen banquete, sobre todo si no lo pagaba él.

Hay personas que cuando ven el campo o una granja, piensan en algo bonito como un cuadro o una canción. Cuando Ichabod observaba el mundo a su alrededor, inmediatamente pensaba en comida. Veía un campo de cultivo y se imaginaba el maíz convertido en un rico pan crujiente. Veía un cerdo en una granja y se preguntaba cuántas salchichas se podrían hacer con él. Cada pollo, cada conejo le hacía pensar en la cena.

A Ichabod le gustaban las cosas rollizas. ¡Las salchichas rollizas, las manzanas rollizas, los pollos rollizos! Un día, durante una de sus clases de canto, vio a una chica muy linda y rolliza. Se llamaba Van Tassel y era la hija de Baltus Van Tassel, un granjero rico que tenía una de las mejores granjas y la más grande en muchos kilómetros a la redonda.

La voz de un ángel

Ichabod había oído hablar mucho de Katrina y hasta la había visto en la iglesia. Decían que era la niña de los ojos de su padre. Todos los jóvenes de Sleepy Hollow adoraban a Katrina, pero ninguno se había atrevido a cortejarla por una simple razón: Brom Van Brunt, un héroe local, quería casarse con ella. Le llamaban Brom Bones porque se rumoreaba que con un solo dedo podría quebrarle la espalda a un hombre. ¡Nadie en su sano juicio se metía con Brom!

Katrina le dedicó a Ichabod una amplia sonrisa, y el pobre maestro sintió mariposas en el estómago. Era la primera vez en su vida que no podía concentrarse en la lección que tenía entre manos. Katrina, que acababa de cumplir dieciocho años, estaba llena de joyas y su piel le recordó al maestro el maíz maduro. Ichabod pensó que alguien como ella sería la esposa perfecta para un hombre honesto como él. Se preguntó qué tipo de riquezas heredaría como esposo de sus adinerados padres.

—Tú... cantas como los ángeles —le balbuceó nerviosamente a Katrina después de la clase—. ¿El talento musical te viene de familia?

—A mi padre no le gusta nada la música —contestó Katrina—, pero a mi madre le gusta mucho cantar.

—¿Ah, sí? —parpadeó Ichabod.

—Sí —contestó Katrina—. Ha oído hablar mucho de usted y se preguntaba si le gustaría venir el domingo a nuestra casa a tomar el té y darnos una lección de canto.

El té del domingo

El domingo, cuando Ichabod se acercaba a la casa de los Van Tassel, el corazón le latía con fuerza. La granja estaba rodeada de manzanos y campos de maíz maduro. Había cerdos gruñendo y gansos graznando por todas partes. Cerca de la casa había un establo tan grande como una iglesia. La puerta estaba abierta de par en par, e Ichabod echó un vistazo por dentro mientras pasaba al galope. Había pilas de cajas con verduras hasta el techo. Las paredes estaban adornadas con herramientas agrícolas y cañas de pescar, a la espera de ser utilizadas. En las vigas, las palomas arrullaban y las gallinas dormitaban con la cabeza inclinada hacia un lado. Era una imagen celestial.

Amarró su caballo a un poste y la Sra. Van Tassel salió a su encuentro.

—Sr. Crane, es un placer verlo —dijo—. Hemos oído hablar mucho de usted.

Lo llevó al porche y abrió la puerta principal. Era la casa de los sueños de Ichabod. Una gran mesa gemía bajo el peso de tortas, pasteles y enormes jarras de crema fresca. Detrás de la mesa, estaba Katrina comiendo un pastel con gran apetito.

—¿Le gustaría probar el pastel y una taza de té, Sr. Crane? —le preguntó.

—Sí, por favor —contestó Ichabod, intentando no mirarla. ¡Era tan bella y rolliza! El maestro decidió que haría lo que fuera para ganarse su mano en matrimonio. Pero por ahora disfrutaría del maravilloso festín.

Una invitación

Era una tarde húmeda y calurosa. Los niños de la escuela tenían la nariz metida en los libros. Algunos leían, pero otros dormitaban bajo el calor. Ichabod estaba sentado en su pupitre, mirando su trabajo. A su lado tenía un periódico doblado, listo para atacar a cualquier mosquito que se atreviera a acercarse.

Se oyeron unas pisadas apresuradas y se abrió la puerta del salón. Un niño asomó la cabeza.

—Sr. Ichabod Crane.

Era el ayudante de cocina de Van Tassel, que estaba sudoroso y jadeante.

—¿Ocurre algo? —preguntó Ichabod.

—Los Van Tassel van a tener una fiesta en su casa esta noche para celebrar la cosecha y la luna llena, señor. Habrá comida y baile. ¡Y usted está invitado!

—Oh —dijo Ichabod.

—¿Eso quiere decir que vendrá? —preguntó el chico—. La señorita Katrina está especialmente interesada en verlo de nuevo, señor.

Se oyeron las risitas de los niños desde sus pupitres, e Ichabod los silenció con una mirada dura.

—Eres un jovencito insolente —le espetó al muchacho—, pero por favor, dile a la Srta. Van Tassel que acepto con mucho gusto su hospitalidad.

El chico se fue y se olvidó de cerrar la puerta al salir.

Ichabod dio por terminada la clase, pero se quedó en su escritorio, preguntándose si también habrían invitado a Brom Bones a la fiesta.

Cerebro contra músculo

Ichabod y Brom ya llevaban un tiempo enfrascados en una feroz batalla por Katrina. Brom Bones hacía todo lo posible por ridiculizar a Ichabod delante de la familia Van Tassel. Criticaba la falta de musculatura del maestro, su ropa pasada de moda, su amor por los libros y su manía de cantar. Incluso había entrenado a su perro para que gimiera al ver a Ichabod. Cuando eso no funcionó, Brom comenzó a hacerle bromas pesadas al maestro, con la esperanza de que este cansara y se fuera del condado. Se metió en su aula y escribió mensajes horribles en el pizarrón. Esparció los libros y las tablillas por todo el piso. Incluso llenó la chimenea de paja y una tarde, cuando Ichabod encendió el fuego en la chimenea, la escuela se llenó de humo.

Las bromas pesadas, sobre todo las que afectaban a sus alumnos, enfurecían a Ichabob, pero nunca perdía la calma delante de Katrina. Decidió que tenía que devolvérsela a Brom. Empezó a pasar más tiempo con los Van Tassel; a enseñarle poesía a Katrina y hablar con ella sobre el teatro. Estaba decidido a ganársela de la manera que Brom nunca podría hacerlo.

Pero esa noche, cuando Ichabod se puso en pie, decidió que acabaría con esa guerra de una vez por todas. En la fiesta, le diría a Katrina que la amaba y le pediría su mano a su padre.

Una vida ideal

El sol todavía no se había puesto cuando Ichabod salió hacia la granja de los Van Tassel para la fiesta. Iba en un caballo que le había prestado su amigo Hans Van Ripper. Era un viejo caballo de arado demasiado testarudo como para trabajar en el campo. Se llamaba Gunpowder.

—No esperes mucho de él —dijo Hans Van Ripper, cuando Ichabod se despidió—. Últimamente está imposible.

Por toda la ciudad, las hojas se habían vuelto marrones. Las manzanas maduraban en las ramas. Estaban en plena cosecha y los huertos a ambos lados de la carretera estaban salpicados con enormes canastas llenas de fruta. Los patos salvajes volaban en el cielo y llenaban el aire con sus graznidos. Ichabod podía oír las codornices trinando en los arbustos. Todo era tan maravilloso, tan tranquilo, que se sentía como un rey o como un caballero de brillante armadura. Pensó en Katrina, su damisela en apuros que esperaba a ser rescatada de las garras del terrible Brom Bones. Estaba seguro de que ella también le amaba. Qué feliz iba a ser.

Ichabod tenía planes para Katrina y para él. Comenzarían una familia tan pronto como se casaran. Pero no aquí, no en Sleepy Hollow. Venderían todo lo que Baltus Van Tassel le diera a Katrina como dote, y usarían el dinero para viajar, para ver tantos lugares como fuera posible. Llevarían una vida glamorosa lejos de los zopencos como Brom Bones.

La fiesta

Cuando Ichabod llegó a la granja de los Van Tassel en su viejo caballo, la fiesta estaba en pleno apogeo. Parecía que todos los granjeros y las familias del vecindario estaban allí, hombres con ropa y pantalones de punto hechos a mano, mujeres con hermosos vestidos y cintas en el cabello.

Baltus Van Tassel recibió personalmente a Ichabod, con el rostro radiante de felicidad.

—Encantado de verle, Ichabod. Las damas esperaban que nos agraciara con su presencia y todas esperan oírlo cantar.

Llevó al maestro de escuela a una gran mesa que gemía bajo el peso de tortas y jamones y le sirvió un poco de té.

Ichabod estaba a punto de dar el primer bocado de la velada, cuando un grito de emoción de todas las chicas que había en la habitación lo obligó a dejar el plato.

—¡Es Brom! ¡Ha llegado Brom! —gritaban al unísono.

Ichabod miró por la ventana y vio a su enemigo amarrando su caballo al poste de afuera. ¡Qué fiera tan salvaje era ese caballo! Se llamaba Daredevil y el nombre le iba como anillo al dedo. El animal tenía un brillo de locura en la mirada, muy parecido al de su dueño.

Y qué criatura tan descomunal era Brom Bones. Su pecho parecía que iba a hacer estallar su camisa. Su cuello era tan ancho que no se podía abrochar el cuello. Ichabod notó que llevaba botas brillantes, no zapatos para bailar. "Bien —pensó—, esta noche todavía puedo ganar la batalla".

Brom Bones hizo su entrada, y casi todas las chicas de la sala se quedaron boquiabiertas de la admiración. Lo rodearon como abejas atraídas por la miel. Brom las ignoró y fue directamente a la mesa de la comida.

—Buenas noches, Ichabod —se mofó llenando el plato de huevos cocidos—. No sabía que los espantapájaros estaban invitados a la fiesta de la cosecha.

Las chicas que lo había seguido se rieron.

Brom empezó a comer, metiéndose los huevos cocidos en la boca como si fueran caramelos. —Coma algo de carne, Ichabod —dijo—. Necesita desarrollar los músculos o las chicas lo confundirán con una escoba.

Le dio unas palmaditas en la espalda a Ichabod con tanta fuerza que le hizo escupir el té.

—¡Cuánto lo siento! —se rió Brom. Sacó un pañuelo sucio y comenzó a limpiar las manchas de té de la chaqueta de Ichabod—. Parece que va a un funeral con ese traje negro, viejo. ¿La ha palmado su viejo caballo?

Las chicas volvieron a reírse.

—Gunpowder está vivo y sano, gracias, Brom —contestó Ichabod—. Además es un caballo que se porta muy bien, no como ese Daredevil. Por lo que veo, su caballo está fuera de control. Uno de estos días le meterá en un problema. Ahora, si me disculpa, estoy deseando bailar. ¿Ha visto a Katrina? Me prometió el primer baile de la noche.

¡Un paso adelante!

Habían enrollado la costosa alfombra holandesa de la sala de los Van Tassel para revelar un piso de piedra. En un extremo de la sala, había pequeño escenario para el músico, un hombre local que tocaba el violín. En ese momento se estaba preparando para tocar cualquier canción que le solicitara su audiencia.

El violinista comenzó a tocar. El Sr. y la Sra. Van Tassel caminaron de la mano hacia el centro de la sala y, sonriendo a todos a su alrededor, comenzaron el baile.

—¡Vamos! ¡Anímense y únanse a nosotros! Un paso adelante.

Hubo voces de asentimiento entre los invitados y en unos minutos la sala se llenó de parejas de baile. Si Brom esperaba impresionar a Katrina y volver a poner en ridículo a Ichabod esa noche, no encontró la oportunidad. Brom no bailaba. Ichabod, por otro lado, era un bailarín muy enérgico y experimentado. No era bueno; de hecho, era terrible, pero resultaba muy divertido bailar con él y todas las damas, jóvenes y señoras mayores pronto se alinearon para ser su pareja. Pero con la que más bailaba era con Katrina.

Brom se limitaba a mirar desde un lado y a hacer comentarios tontos sobre la apariencia del maestro. Nadie le hacía caso, excepto la anciana señora Wassel, que lo reprendió por ser tan infantil.

—A ver si madura, Brom Bones —susurró—. La vida no es solo llevar botas brillantes y mostrar el pecho musculoso.

166

Cuentos de fantasmas

Cuando terminó el baile, los invitados llevaron sus sillas para sentarse alrededor del fuego. Contaron muchas historias, historias sobre la guerra y sobre los piratas que solían aterrorizar a la gente en el río cercano. Pero las leyendas que más les gustaban a todos eran las de fantasmas.

La Sra. Van Tassel habló de la procesión funeraria fantasmal que a menudo se veía de noche en la carretera principal. —Es el último viaje de una niña que se ahogó en el río —explicó—. La pobre no puede descansar en paz en su tumba. Siempre vuelve al lugar donde perdió su apreciado collar. Dicen que no descansará hasta que lo encuentren y la entierren con él.

El Sr. Van Tassel contó la historia de la mujer de blanco, que aparece colgada de un árbol las noches de luna llena. —Dicen que era una bruja —susurró dramáticamente—. Su fantasma reaparece para advertir a la gente que no se incursione en la magia.

Alguien más contó la historia del soldado Andre, al que condenaron por traición y lo ahorcaron en el Árbol Tulip, entre la granja de Van Tassel y Sleepy Hollow.

—De noche, si pasas cerca del árbol, puedes oír sus gemidos —añadió Van Tassel.

—Sí —dijo Katrina—, y he oído que el arroyo que hay cerca también está embrujado. Ahí es donde capturaron al soldado. Si escuchas atentamente, se oyen sus gritos: "Déjenme ir. Déjenme ir".

168

El jinete de Hollow

Como siempre, la historia que causaba más admiración era la del jinete sin cabeza.

—Ha vuelto. ¡Lo han visto otra vez! —dijo la anciana que tenía la tienda de comestibles de Sleepy Hollow—. Mi repartidor volvió tarde el otro día. El río se había desbordado y tuvo que hacer un rodeo por Sleepy Hollow por la noche. Cuando estaba cerca del cementerio, oyó el golpeteo de unos cascos detrás de él y se volvió para ver quién era. Les digo, señores, que vio un caballo con ojos brillantes como el fuego del mismo infierno. Le salía humo por los ollares dilatados. Y su jinete, lo juro, no tenía cabeza.

»El pobre hombre estaba tan asustado que se desmayó y se cayó del caballo. Cuando recuperó el sentido, estaba tumbado en el pasto. El jinete sin cabeza se había desvanecido. Lo único que quedaba de él era la marca ardiente de una herradura en el puente de madera que cruza el arroyo del cementerio. Brillaba como una estrella bajo la luz la luna.

Las damas de la audiencia dieron un grito.

—¿Sigue ahí la marca? —preguntó la Sra. Van Tassel.

—Por la mañana la huella del caballo había desaparecido por completo —contestó la narradora—, pero el pobre hombre insiste que la había visto claramente. Me atrevería a decir que esto se le quedará grabado en la memoria hasta el día de su muerte.

—Bah —se burló Bones cuando terminó el relato—. ¡Eso es ridículo! ¿A quién le da miedo un jinete sin cabeza? Yo vi al fantasma hace poco. Volvía a mi casa de una fiesta cuando oí los cascos de un caballo por detrás. Me giré y vi al tipo ese sin cabeza.

Brom, disfrutando de las miradas ansiosas de las mujeres, continuó su historia. —Lo llamé —dijo pavoneándose un poco—. "¡Oye, tú! Puede que no tengas boca, pero apuesto a que no te importaría un buen tazón de ponche caliente. ¿Qué te parece si hacemos una carrera hasta la taberna de Sleepy Hollow? El perdedor paga la cuenta". Entonces el tipo sin cabeza y yo salimos a todo galope. Me atrevería a decir que Daredevil estaba ganando al caballo fantasma, pero cuando llegamos al puente del cementerio, la maldita cosa desapareció. Al final tuve que pagar mi propio ponche.

—Oh, Brom —dijo Katrina con aprecio—, siempre cuentas las historias más disparatadas.

Para entonces el fuego casi se había apagado y la fiesta comenzó a disolverse. La gente se fue a su casa. Ichabod se quedó más tiempo para ayudar a la Sra. Van Tassel a apagar las velas del porche. Brom, que había ido al establo a buscar paja para su caballo, lo vio hablando en voz baja con Katrina en el porche.

"Ya va siendo hora de acabar con mi rival en amores de una vez por todas", decidió Brom.

172

Un silbido en el bosque

Ichabod salió de la granja de los Van Tassel en su viejo caballo. Estaba de mal humor. Le había contado a Katrina lo que sentía y ella no le había respondido como esperaba. De hecho, Ichabod tenía la horrible sospecha de que Katrina lo había estado usando todo este tiempo. Le había estado mostrado todo ese afecto solo para poner celoso a Brom Bones.

La noche era completamente oscura. Las nubes cubrían las pocas estrellas que brillaban en el cielo. Soplaba un viento horrible. Mientras el caballo de Ichabod avanzaba lentamente por el camino del bosque, el pobre maestro recordó las horribles historias que había escuchado. ¡La mujer de blanco! ¡El soldado Andre ahorcado por traición! ¡El jinete sin cabeza!

Ichabod temblaba en su traje negro. Empezó a silbar una melodía para no perder la calma.

Un poco más allá, vio un árbol cuyas ramas retorcidas se extendían por encima de la carretera. ¡El Árbol Tulip!

Ichabod silbó más fuerte aunque le rechinaban los dientes. Para su espanto, un siniestro sonido entre los árboles contestó su silbido, era un "buuuu".

A Ichabod se le erizó el vello. Le dio con las rodillas a Gunpowder para que avanzara. Los latidos de su corazón le retumbaban en los oídos. Por un momento le pareció haber visto algo blanco flotando entre las ramas del Árbol Tulip. Estaba a punto de gritar cuando se dio cuenta de que era una marca que había dejado un rayo en el tronco.

Ichabod pasó cerca del árbol y se acercó cautelosamente al arroyo donde habían capturado al soldado Andre. Pudo ver un puente en la oscuridad, que no era más que dos vigas de madera puestas una al lado de la otra sobre el agua. Este era el lugar que el hombre temía más. ¿Qué haría si escuchaba la voz del soldado muerto diciendo "Déjenme ir, déjenme ir"?

Espoleó a Gunpowder. El caballo comenzó a galopar, impulsando a Ichabod hacia adelante, pero de pronto se detuvo.

Ichabod escuchó un ruido detrás de él. La cabeza le daba vueltas. ¿Qué había sido eso? ¿Un suspiro? Un gemido? ¿Una risa malvada? Se giró lentamente y vio una figura descomunal en la oscuridad.

Ichabod se quedó sin aliento y un escalofrío le recorrió la espalda. La sangre bombeaba furiosamente por su cuerpo. Huir sería inútil. Nadie podría escapar de un fantasma, si es que se trataba de eso. Se armó de valor, levantó su espalda y desafió a la figura negra.

—¿Quién eres? ¿Qué eres? —preguntó a la siniestra oscuridad.

No hubo respuesta. Ichabod gritó de nuevo, y solo le contestó el silencio. Un silencio interminable. Entonces, de repente, la cosa saltó de entre las sombras, e Ichabod lo sintió a su lado. No se atrevió a mirar, pero le dio la impresión de que era un jinete, alto y fornido, sentado en un corcel negro.

¡El jinete sin cabeza!

Gunpowder relinchó y pateó el suelo.

—Tranquilo, muchacho —dijo Ichabod—. Te llevaré de vuelta a casa. Ya verás.

Hizo que su caballo avanzara y el misterioso jinete hizo lo mismo, moviéndose silenciosamente a su lado.

El silencio le puso la piel de gallina a Ichabod. Podía oír su propia respiración, pero el misterioso jinete no hacía ningún ruido.

—¡Vamos! ¡Vamos! —le gritó Ichabod a Gunpowder para que acelerara. El jinete hizo lo mismo y cabalgó a su lado.

¡Ichabod estaba desesperado! El jinete lo iba a seguir hasta la escuela. Intentó silbar su melodía preferida, pero tenía la boca tan seca que no le salía ni un sonido de sus labios. Siguió cabalgando intentando mantener la calma.

La oscuridad lo rodeaba y le dio la sensación de estar viajando por un túnel. En un momento dado, le golpeó una rama y pegó un salto. Justo en ese momento, salió la luna e Ichabod se arriesgó a mirar a su compañero fantasmal por primera vez. Lo que vio hizo que la sangre se le helara en las venas. El jinete en lugar de cabeza, tenía un muñón manchado de sangre. Su cabeza estaba en la parte delantera de la montura y sus ojos miraban al frente sin expresión. Ichabod Crane abrió la boca y dejó escapar un grito silencioso. ¡Era el jinete sin cabeza!

Al verlo, el pobre Gunpowder relinchó aterrorizado y salió al galope tendido.

Ichabod se aferraba a las riendas, con las manos entumecidas del miedo y del dolor. Se inclinó sobre la silla para susurrarle a Gunpowder al oído.

—Tranquilo, muchacho. No pasa nada.

Más adelante, apareció la iglesia de Sleepy Hollow, con su torre del reloj apuntando al cielo como un dedo esquelético. A su alrededor, las lápidas brillaban bajo la luz de la luna. ¡Si pudiera llegar al puente del cementerio! Según la leyenda, ¡ahí era donde el jinete sin cabeza siempre desaparecía!

Por detrás, podía oír los atronadores cascos del fantasmagórico caballo que se acercaba a Gunpowder. El jinete sin cabeza le pisaba los talones y se reía con una risa siniestra que parecía resonar en toda la campiña en la noche oscura. Ichabod se enderezó en la silla y sujetó con fuerza las riendas de Gunpowder.

—¡Vamos! ¡Vamos! —volvió a gritar. Gunpowder fue más rápido. Su aliento salía de sus ollares en penachos. El caballo fantasmal le pisaba los talones. Ichabod casi podía sentir su pútrida respiración en el cuello.

Una estrella centelleó sobre los hastiales del techo de la iglesia, instando a Ichabod a seguir.

Por fin, escuchó los cascos de Gunpowder golpeando la madera. ¡Estaban en el puente! Ya casi habían llegado al otro lado donde estarían a salvo en la iglesia...

180

Persecución

Mientras Gunpower cruzaba el puente, Ichabod se giró para mirar hacia atrás. Para su horror, vio que el jinete sin cabeza todavía lo estaba siguiendo. No había desaparecido.

Ichabod sintió que se le erizaban los pelos de la nuca. El mundo a su alrededor pareció detenerse. Vio que el caballo negro se detenía justo antes del puente. Lo oyó relinchar mientras su jinete fantasmal tiraba de las riendas para hacerlo levantarse sobre sus patas traseras. El jinete estiró los brazos lentamente y sus manos enguantadas se cerraron alrededor de la cabeza ensangrentada en la silla de montar. La levantó en el aire y la sujetó como si fuera un trofeo.

Después se la lanzó a Ichabod. La cabeza voló por el aire y golpeó al profesor en la nuca. Lo sacó volando de su caballo y el hombre rodó por el puente de madera. Cayó directamente en la corriente, con la cabeza del jinete flotando en el agua a su lado.

Ichabod gritaba mientras intentaba mantenerse a flote en el agua oscura. La cabeza flotó más cerca y sus ojos rojos lo miraron. Ichabod apenas era consciente de que Gunpowder lo miraba desde el puente, relinchando de pánico. Escuchó un ruido espeluznante que retumbaba en el cementerio.

Era el jinete sin cabeza que se reía de él, una risa malvada que le heló el corazón a Ichabod. Después, el agua fría le cubrió la cabeza y perdió el conocimiento.

¡Desaparecido!

A la mañana siguiente, temprano, Hans Van Ripper salió de su casa para recoger agua y vio que Gunpowder estaba pastando delante de su puerta. No llevaba la montura.

—¿Dónde está Ichabod, muchacho? —preguntó.

Era evidente que el maestro había desaparecido misteriosamente. No lo encontraron en ningún lugar. La escuela permaneció cerrada y los niños hacían travesuras en el patio.

Hans Van Ripper y la gente del pueblo organizó un equipo de búsqueda. Encontraron la silla de montar en el campo del cementerio. En la tierra mojada vieron huellas de cascos de dos caballos que los llevaron desde el Árbol Tulip al puente del cementerio. Allí encontraron el sombrero de Ichabod flotando en el agua. En la orilla del río también vieron una calabaza, pero no había ni rastro de Ichabod.

—Se debió caer del caballo y se lo llevó la corriente —dijo llorando la Sra. Van Tassel.

—No entiendo qué hace una calabaza en la orilla del arroyo —comentó su esposo.

—Es todo un misterio —dijo Brom Bones. Katrina notó que al hablar tenía un brillo malvado en los ojos.

—Pobre Ichabod —exclamó la Sra. Van Tassel—, con lo joven, apuesto y talentoso que era. Nadie cantaba ni bailaba como el Sr. Crane. Y esas historias increíbles que nos contaba. Lo vamos a extrañar mucho.

La leyenda de Ichabod

Pusieron a Hans Van Ripper a cargo de repartir la herencia de Ichabod. Sus pocas ropas, un par de camisas y un pañuelo manchado, las donaron a los necesitados. Dejaron sus libros en la biblioteca de la escuela, pero Hans Van Ripper quemó todos los poemas de amor que el maestro le había escrito a Katrina. No quería que los niños los vieran.

Brom Bones se casó con Katrina al verano siguiente. Celebraron una gran fiesta en la casa de los Van Tassel. La Sra. Van Tassel se aseguró de que fuera la boda más comentada de Sleepy Hollow. Hubo suficiente comida y bebida para alimentar a un ejército. El pastel de bodas fue el más grandioso que nadie había visto.

Aún así, el tema principal de conversación era Ichabod. Nadie podía creer que hubiera desaparecido de esa manera tan misteriosa.

—Seguro que se lo llevó el jinete sin cabeza —dijo una de las invitadas—. Al fin y al cabo, encontraron su sombrero flotando bajo el famoso puente.

—Seguro que su desaparición tiene más que ver con Brom Bones —se burló su esposo—. ¿Por qué crees que encontraron una calabaza en el arroyo?

—¿Qué quieres decir con eso? —preguntaron unas mujeres que estaban escuchando la conversación.

—Piénsenlo —dijo el invitado—. Brom e Ichabod querían casarse con Katrina Van Tassel. Parecía que Ichabod estaba ganando la competencia. Mi teoría es que Brom decidió deshacerse de Ichabod de una vez por todas.

Otro invitado de la boda insistió en que Ichabod seguía vivo. —Tonterías —dijo—. Vi al Sr. Crane la otra semana. Ahora es abogado. Durante unos meses estuvo a cargo de una escuela en Connecticut y estudiaba derecho en su tiempo libre. Después se hizo juez. Me parece que comentó que también escribía en un periódico.

Por supuesto, nadie creyó al invitado, sobre todo las mujeres de Sleepy Hollow. No, estaban completamente convencidas de que al pobre Ichabod Crane se lo había llevado el jinete sin cabeza. Para ellas, la desaparición de Ichabod solo significaba una cosa: el jinete sin cabeza seguía suelto y su leyenda seguía viva...

Con el tiempo, el camino hacia el cementerio lo cerraron para que nadie tuviera que cruzar el fatídico puente sobre el arroyo. La escuela la trasladaron a un nuevo edificio al otro lado de la aldea. Contrataron a un nuevo maestro que era estricto y no se parecía en nada a Ichabod Crane. Sin embargo, a los hombres les gustaba.
—Les enseñará algo de sensatez a los niños —decían—, en lugar de llenarles la cabeza con canciones y poesías.

La vieja escuela pronto cayó en mal estado y se convirtió en una ruina abandonada. Los niños a menudo se aventuraban a entrar en el patio de recreo. Algunos de ellos decían haber escuchado unos tristes lamentos que salían de las ruinas. Decían que era el fantasma de Ichabod Crane, que cantaba un último cántico para su querida Katrina...

DRACULA

Abraham "Bram" Stoker nació en 1847 en Dublín, Irlanda. Estuvo postrado en la cama con una enfermedad desconocida hasta que comenzó la escuela a los siete años de edad, cuando se había recuperado por completo. Creció sano e incluso sobresalió como atleta en la Universidad Trinity de Dublín. Más adelante fue gerente del Teatro Lyceum en Londres por 27 años. Este trabajo le permitió hacer viajes por el mundo que le inspiraron a escribir sus cuentos de terror. Después de sufrir varios ataques de corazón, murió en abril de 1912.

FRANKENSTEIN

Mary Shelley nació en Londres en 1797. Su padre y su madre eran filósofos, aunque su madre murió cuando Mary tenía ocho años y el padre tuvo que encargarse de ella y de su hermana. A pesar de esto, la infancia de Mary fue feliz y de niña, uno de sus pasatiempos favoritos era escribir cuentos. Mary se casó con el conocido poeta, Percy Shelley, y pasó muchos años ayudándolo a publicar su trabajo antes de que la publicaran a ella. Su libro más conocido, *Frankenstein* o *El prometeo moderno*, como se conoce también, se publicó en 1818. La historia se ha adaptado muchas veces para el cine y el teatro y sigue siendo muy popular. Después de una larga enfermedad, Mary murió en 1851.

EL EXTRAÑO CASO DEL
DR. JEKYLL Y EL SR. HYDE

Nacido en Escocia en 1850, Robert Louis Stevenson fue un niño enfermizo. Fue delgado y frágil y durante toda su vida y sufrió de fiebres y toses. Stevenson quería ser escritor desde joven y no tenía ningún interés en el negocio del faro de su familia. Solía viajar al extranjero por causas de salud y sus viajes le dieron ideas para sus libros. Publicó su primer libro a los 28 años de edad y se hizo famoso en vida cuando publicaron sus libros de *La isla del tesoro*, *Raptado* y *El extraño caso del Dr. Jekyll y el Sr. Hyde*.
Murió en Samoa en 1894.

LA LEYENDA DE SLEEPY HOLLOW

Washington Irving nació en la Ciudad de Nueva York en 1783. Sus padres emigraron de Escocia a América. Washington tenía diez hermanos. Estudió derecho, aunque le resultaba difícil y pronto empezó a escribir ensayos y cartas para los periódicos. En 1815, cuando se trasladó a Inglaterra para llevar el negocio familiar, se hizo famoso por sus cuentos cortos *Rip Van Winkle* y *La leyenda de Sleepy Hollow* publicados en *The Sketch Book of Geoffrey Crayon, Gent* en 1819. Washington durante un tiempo también fue el embajador de Estados Unidos en España.
Murió a los 76 años, en Tarrytown, Nueva York.